谷崎潤一郎フェティシズム小説集

谷崎潤一郎

集英社文庫

目次

谷崎潤一郎
フェティシズム小説集

刺青

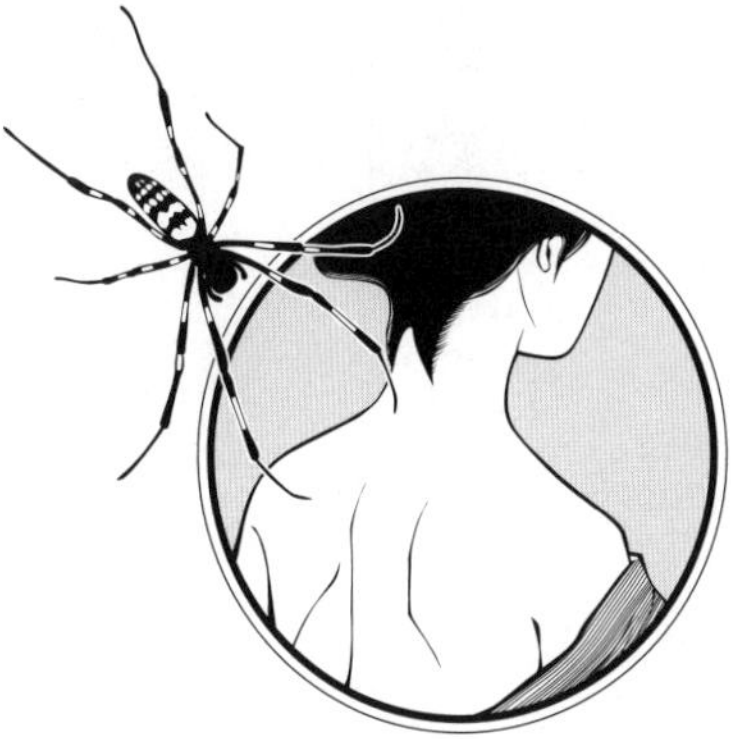

「新思潮」明治四十三（一九一〇）年十一月号

それはまだ人々が「愚《おろか》」という貴い徳を持っていて、世の中が今のように激しく軋《きし》み合わない時分であった。殿様や若旦那の長閑《のどか》な顔が曇らぬように、御殿女中や華魁《おいらん》の笑いの種が尽きぬようにと、饒舌《じょうぜつ》を売るお茶坊主だの幇間《ほうかん》だのという職業が、立派に存在して行けた程、世間がのんびりしていた時分であった。女定九郎、女自雷也、女鳴神、——当時の芝居でも草双紙でも、すべて美しい者は強者であり、醜い者は弱者であった。誰も彼も挙《こぞ》って美しからんと努めた揚句は、天稟《てんぴん》の体へ絵の具を注ぎ込むまでになった。芳烈な、あるいは絢爛《けんらん》な、線と色とがその頃の人々の肌に躍った。

馬道を通うお客は、見事な刺青《ほりもの》のある駕籠《かご》かきを選んで乗った。吉原、辰巳《たつみ》の女も美しい刺青の男に惚《ほ》れた。博徒、鳶《とび》の者はもとより、町人から稀には侍なども入《いれ》墨《ずみ》をした。時々両国で催される刺青会では参会者おのおの肌を叩いて、互に奇抜な意匠を誇り合い、評しあった。

清吉という若い刺青師《ほりものし》の腕ききがあった。浅草のちゃり文、松島町の奴平《やっへい》、こんこん次郎などにも劣らぬ名手であると持て囃《はや》されて、何十人の人の肌は、彼の絵筆の下に絖地《ぬめじ》となって拡げられた。刺青会で好評を博す刺青の多くは彼の手になったものであった。達磨金《だるまきん》はぼかし刺《ぼり》が得意といわれ、唐草権太は朱刺《しゅぼり》の名手と讃えられ、清吉はまた奇警な構図と妖艶な線とで名を知られた。

もと豊国国貞の風を慕って、浮世絵師の渡世《とせい》をしていただけに、刺青師に堕落してからの清吉にもさすが画工《えかき》らしい良心と、鋭感とが残っていた。彼の心を惹きつける程の皮膚と骨組みとを持つ人でなければ、彼の刺青を購《あがな》う訳には行かなかった。たまたま描いて貰えるとしても、一切の構図と費用とを彼の望むがままにして、その上堪え難い針先の苦痛を、一と月も二た月もこらえねばならなかった。

この若い刺青師の心には、人知らぬ快楽と宿願とが潜んでいた。彼が人々の肌を針で突き刺す時、真紅に血を含んで脹《ふく》れ上る肉の疼《うず》きに堪えかねて、大抵の男は苦しき呻《うめ》き声《ごえ》を発したが、その呻きごえが激しければ激しい程、彼は不思議にいい難き愉快を感じるのであった。刺青のうちでも殊《こと》に痛いといわれる朱刺、ぼかしぼり、

――それを用うる事を彼は殊更喜んだ。一日平均五六百本の針に刺されて、色上げを良くするため湯へ浴《つか》って出て来る人は、皆半死半生の体《てい》で清吉の足下に打ち倒れたまま、しばらくは身動きさえも出来なかった。その無残な姿をいつも清吉は冷やかに眺めて、

「さぞお痛みでがしょうなあ」

といいながら、快《こころよ》さそうに笑っている。

意気地のない男などが、まるで知死期《ちしご》の苦しみのように口を歪め歯を喰いしばり、ひいひいと悲鳴をあげる事があると、彼は、

「お前さんも江戸っ児だ。辛抱しなさい。――この清吉の針は飛び切りに痛《いて》えのだから」

こういって、涙にうるむ男の顔を横目で見ながら、かまわず刺《ほ》って行った。また我慢づよい者がグッと胆を据えて、眉一つしかめず怺《こら》えていると、

「ふむ、お前さんは見掛けによらねえ突《つ》っ張者だ。――だがみなさい、今にそろそろ疼《うず》き出して、どうにもこうにもたまらないようになろうから」

と、白い歯を見せて笑った。

彼の年来の宿願は、光輝ある美女の肌を得て、それへ己れの魂を刺り込む事であった。その女の素質と容貌とについては、いろいろの注文があった。ただに美しい顔、美しい肌とのみでは、彼はなかなか満足する事が出来なかった。江戸中の色町《いろまち》に名を響かせた女という女を調べても、彼の気分に適《かな》った味わいと調子とは容易に見つからなかった。まだ見ぬ人の姿かたちを心に描いて、三年四年は空しく憧《あこが》れながらも、彼はなおその願いを捨てずにいた。

丁度四年目の夏のとあるゆうべ、深川の料理屋平清《ひらせい》の前を通りかかった時、彼はふと門口に待っている駕籠の簾のかげから、真っ白な女の素足のこぼれているのに気がついた。鋭い彼の眼には、人間の足はその顔と同じように複雑な表情を持って映った。その女の足は、彼にとっては貴き肉の宝玉であった。拇指《おやゆび》から起って小指に終る繊細な五本の指の整い方、絵の島の海辺で獲れるうすべに色の貝にも劣らぬ爪の色合い、珠のような踵《きびす》のまる味《み》、清冽《せいれつ》な岩間の水が絶えず足下を洗うかと疑われる皮膚の潤沢。この足こそは、やがて男の生血に肥え太り、男のむくろを蹈みつける足であった。この足を持つ女こそは、彼が永年《ながねん》たずねあぐんだ、女の中の女であろうと思われた。清吉は躍りたつ胸をおさえて、その人の顔が見たさに駕籠の後を追いかけたが、二三町行くと、もうその影は見えなかった。

清吉の憧れごこちが、激しき恋に変ってその年も暮れ、五年目の春も半ば老い込んだある日の朝であった。彼は深川佐賀町の寓居で、房楊枝《ふさようじ》をくわえながら、錆竹《さびたけ》の濡れ縁に万年青《おもと》の鉢を眺めていると、庭の裏木戸を訪《おとな》うけはいがして、袖垣のかげから、ついぞ見馴れぬ小娘がはいって来た。

それは清吉が馴染の辰巳の芸妓から寄こされた使の者であった。

「姐さんからこの羽織《はおり》を親方へお手渡しして、何か裏地へ絵模様を画いて下さるようにお頼み申せって……」

と、娘は鬱金《うこん》の風呂敷をほどいて、中から岩井《いわい》杜若《とじゃく》の似顔画のたとうに包まれた女羽織と、一通の手紙とを取り出した。

その手紙には羽織のことをくれぐれも頼んだ末に、使の娘は近々に私の妹分として御座敷へ出るはず故、私の事も忘れずに、この娘《こ》も引き立ててやって下さいと認《したた》めてあった。

「どうも見覚えのない顔だと思ったが、それじゃお前はこの頃こっちへ来なすったのか」

こういって清吉は、しげしげと娘の姿を見守った。年頃はようよう十六か七かと思われたが、その娘の顔は、不思議にも長い月日を色里《いろざと》に暮らして、幾十人の男の魂を弄《もてあそ》んだ年増のように物凄く整っていた。それは国中の罪《つみ》と財《たから》との流れ込む都の中で、何十年の昔から生き代り死に代ったみめ麗しい多くの男女の、夢の数々から生れ出ずべき器量であった。

「お前は去年の六月ごろ、平清から駕籠で帰ったことがあろうがな」

こう訊ねながら、清吉は娘を縁へかけさせて、備後表《びんごおもて》の台に乗った巧緻《こうち》な素足を仔細に眺めた。

「ええ、あの時分なら、まだお父さんが生きていたから、平清へもたびたびまいりましたのさ」

と、娘は奇妙な質問に笑って答えた。

「丁度これで足かけ五年、おれはお前を待っていた。顔を見るのは始めてだが、お前の足にはおぼえがある。――お前に見せてやりたいものがあるから、上ってゆっくり遊んで行くがいい」

と、清吉は暇を告げて帰ろうとする娘の手を取って、大川の水に臨む二階座敷へ案内した後、巻物を二本とり出して、まずその一つを娘の前に繰り展《ひろ》げた。

それは古の暴君紂王《ちゅうおう》の寵妃《ちょうひ》、末喜《ばっき》を描いた絵であった。瑠璃珊瑚《るりさんご》を鏤《ちりば》めた金冠の重さに得堪えぬなよやかな体を、ぐったり勾欄に靠《もた》れて、羅綾《らりょう》の裳裾《もすそ》を階《きざはし》の中段にひるがえし、右手に大杯を傾けながら、今しも庭前に刑せられんとする犠牲《いけにえ》の男を眺めている妃の風情《ふぜい》といい、鉄の鎖で四肢を銅柱へ縛《ゆ》いつけられ、最後の運命を待ち構えつつ、妃の前に頭をうなだれ、眼を閉じた男の顔色といい、物凄いまでに巧に描かれていた。

娘はしばらくこの奇怪な絵の面《おもて》を見入っていたが、知らず識《し》らずその瞳は輝きその唇は顫《ふる》えた。怪しくもその顔はだんだんと妃の顔に似通《にかよ》って来た。娘はそこに隠れたる真の「己《おのれ》」を見出した。

「この絵にはお前の心が映っているぞ」

こういって、清吉は快《こころよ》げに笑いながら、娘の顔をのぞき込んだ。

「どうしてこんな恐ろしいものを、私にお見せなさるのです」

と、娘は青褪《あおざ》めた額《ひたい》を擡《もた》げていった。

「この絵の女はお前なのだ。この女の血がお前の体に交っている筈だ」

と、彼は更に他の一本の画幅を展げた。

それは「肥料」という画題であった。画面の中央に、若い女が桜の幹へ身を倚《よ》せて、足下に累々と斃《たお》れている多くの男たちの屍骸《むくろ》を見つめている。女の身辺を舞いつつ凱歌《かちどき》をうたう小鳥の群、女の瞳に溢れたる抑え難き誇りと歓びの色。それは戦《たたかい》の跡の景色か、花園の春の景色か。それを見せられた娘は、われとわが心の底に潜んでいた何物かを、探りあてたる心地であった。

「これはお前の未来を絵に現わしたのだ。ここに斃《たお》れている人達は、皆これからお前のために命を捨てるのだ」

こういって、清吉は娘の顔と寸分《すんぶん》違わぬ画面の女を指さした。

「後生《ごしょう》だから、早くその絵をしまって下さい」

と、娘は誘惑を避けるが如く、画面に背《そむ》いて畳の上へ突俯《つッぷ》したが、やがて再び唇をわななかした。

「親方、白状します。私はお前さんのお察し通り、その絵の女のような性分を持っていますのさ。――だからもう堪忍して、それを引っ込めておくんなさい」

「そんな卑怯なことをいわずと、もっとよくこの絵を見るがいい。それを恐ろしがるのも、まあ今のうちだろうよ」

こういった清吉の顔には、いつもの意地の悪い笑いが漂っていた。

しかし娘の頭《つむり》は容易に上らなかった。襦袢《じゅばん》の袖に顔を蔽《おお》うていつまでも突俯したまま、

「親方、どうか私を帰しておくれ。お前さんの側に居るのは恐ろしいから」

と、幾度か繰り返した。

「まあ待ちなさい。おれがお前を立派な器量の女にしてやるから」

といいながら、清吉は何気なく娘の側に近寄った。彼の懐にはかつて和蘭《オランダ》医から貰った麻睡剤の壜《びん》が忍ばせてあった。

日はうららかに川面を射て、八畳の座敷は燃えるように照った。水面から反射する光線が、無心に眠る娘の顔や、障子の紙に金色《こんじき》の波紋を描いてふるえていた。部屋のしきりを閉《た》て切って刺青の道具を手にした清吉は、しばらくはただ恍惚《うっとり》としてすわっているばかりであった。彼は今始めて女の妙相《みようそう》をしみじみ味わう事が出来

た。その動かぬ顔に相対して、十年百年この一室に静坐するとも、なお飽くことを知るまいと思われた。古のメンフィスの民が、荘厳なる埃及《エジプト》の天地を、ピラミッドとスフィンクスとで飾ったように、清吉は清浄な人間の皮膚を、自分の恋で彩《いろど》ろうとするのであった。

やがて彼は左手の小指と無名指と拇指の間に挿んだ絵筆の穂を、娘の背にねかせ、その上から右手で針を刺して行った。若い刺青師の霊《こころ》は墨汁の中に溶けて、皮膚に滲《にじ》んだ。焼酎に交ぜて刺り込む琉球朱の一滴一滴は、彼の命のしたたりであった。彼はそこに我が魂の色を見た。

いつしか午《ひる》も過ぎて、のどかな春の日はようやく暮れかかったが、清吉の手は少しも休まず、女の眠りも破れなかった。娘の帰りの遅きを案じて迎いに出た箱屋までが、

「あの娘《こ》ならもうとうに帰って行きましたよ」

といわれて追い返された。月が対岸の土州《としゅう》屋敷の上にかかって、夢のような光が沿岸一帯の家々の座敷に流れ込む頃には、刺青はまだ半分も出来上らず、清吉は一心に蠟燭《ろうそく》の心《しん》を掻き立てていた。

一点の色を注ぎ込むのも、彼にとっては容易な業《わざ》でなかった。さす針、ぬく針のたびごとに深い吐息をついて、自分の心が刺されるように感じた。針の痕《そ》は次第次第に巨大な女郎蜘蛛《じょろうぐも》の形象《かたち》を具《そな》え始めて、再び夜がしらしらと白み初めた時分には、この不思議な魔性の動物は、八本の肢《あし》を伸ばしつつ、背一面に蟠《わだかま》った。

春の夜は、上り下りの河船《かわふね》の櫓声《ろごえ》に明け放れて、朝風を孕《はら》んで下る白帆の頂から薄らぎ初める霞の中に、中洲、箱崎、霊岸島の家々の甍《いらか》がきらめく頃、清吉はようやく絵筆を擱《お》いて、娘の背に刺り込まれた蜘蛛のかたちを眺めていた。その刺青こそは彼が生命のすべてであった。その仕事をなし終えた後の彼の心は空虚《うつろ》であった。

二つの人影はそのままやや しばらく動かなかった。そうして、低く、かすれた声が部屋の四壁にふるえて聞えた。

「おれはお前をほんとうの美しい女にするために、刺青の中へおれの魂をうち込んだのだ、もう今からは日本国中に、お前に優《まさ》る女はいない。お前はもう今までのような臆病な心は持っていないのだ。男という男は、皆《み》なお前の肥料《こやし》になるのだ。……」

その言葉が通じたか、かすかに、糸のような呻き声が女の唇にのぼった。娘は次第次第に知覚を恢復《かいふく》して来た。重く引き入れては、重く引き出す肩息に、蜘蛛の肢は生けるが如く蠕動《ぜんどう》した。

「苦しかろう。体を蜘蛛が抱きしめているのだから」

こういわれて娘は細く無意味な眼を開いた。その瞳は夕月の光を増すように、だんだんと輝いて男の顔に照った。

「親方、早く私に背《せなか》の刺青を見せておくれ、お前さんの命を貰った代りに、私はさぞ美しくなったろうねえ」

娘の言葉は夢のようであったが、しかしその調子にはどこか鋭い力がこもっていた。

「まあ、これから湯殿へ行って色上げをするのだ。苦しかろうがちッと我慢をしな」

と、清吉は耳元へ口を寄せて、労《いた》わるように囁いた。

「美しくさえなるのなら、どんなにでも辛抱してみせましょうよ」

と、娘は身内《みうち》の痛みを抑えて、強いて微笑《ほほえ》んだ。

「ああ、湯が滲《し》みて苦しいこと。……親方、後生だから私を打《う》っ捨《ちゃ》って、二階へ行って待っていておくれ、私はこんな悲惨《みじめ》な態《ざま》を男に見られるのが口惜《くや》しいから」

娘は湯上りの体を拭いもあえず、いたわる清吉の手をつきのけて、激しい苦痛に流しの板の間へ身を投げたまま、魘《うな》される如くに呻いた。気狂じみた髪が悩ましげにその頬へ乱れた。女の背後には鏡台が立てかけてあった。真っ白な足の裏が二つ、その面へ映っていた。

昨日とは打って変った女の態度に、清吉はひと方《かた》ならず驚いたが、いわれるままに独り二階に待っていると、およそ半時ばかり経《た》って、女は洗い髪を両肩へすべらせ、身じまいを整えて上って来た。そうして苦痛《くるしみ》のかげもとまらぬ晴れやかな眉を張って、欄干に靠れながらおぼろにかすむ大空を仰いだ。

「この絵は刺青と一緒にお前にやるから、それを持ってもう帰るがいい」

こういって清吉は巻物を女の前にさし置いた。

「親方、私はもう今までのような臆病な心を、さらりと捨ててしまいました。――お前さんは真先に私の肥料《こやし》になったんだねえ」

と、女は剣《つるぎ》のような瞳を輝かした。その耳には凱歌の声がひびいていた。

「帰る前にもう一遍、その刺青を見せてくれ」

清吉はこういった。

女は黙って頷《うなず》いて肌を脱いた。折から朝日が刺青の面《おもて》にさして、女の背《せなか》は燦爛《さんらん》とした。

悪魔

「中央公論」明治四十五（一九一二）年二月号

真っ暗な箱根の山を越すときに、夜汽車の窓で山北の富士紡《ふじぼう》の灯をちらりと見たが、やがてまた佐伯《さえぎ》はうとうとと眠ってしまった。それから再び眼が覚めた時分には、もう短い夜がカラリと明け放れて、青く晴れた品川の海の方から、爽やかな日光が、真昼のようにハッキリと室内へさし込み、乗客は総立ちになって、棚の荷物を取り片附けている最中であった。酒の力でようやく眠り通して来た苦しい夢の世界から、ぱっと一度に明るみへ照らし出された嬉しさのあまり、彼は思わず立ち上がって日輪を合掌したいような気持になった。

「ああ、これでおれもようよう、生きながら東京へ来ることが出来た。」

こう思って、ほっと一と息ついて、胸をさすった。名古屋から東京へ来るまでの間に、彼は何度途中の停車場で下りたり、泊ったりしたかしれない。今度の旅行に限って物の一時間も乗っていると、たちまち汽車が恐ろしくなる。さながら自分の衰弱した魂を脅喝するような勢で轟々《ごうごう》と走って行く車輪の響の凄《すさま》じさ。グワラグワラグワラと消魂《けたたま》しい、気狂いじみた声を立てて機関車が鉄橋の上だの隧道《ずいどう》の中へ駈け込む時は、頭が悩乱して、胆が潰れて、今にも卒倒するような気分に胸をわくわくさせた。彼はこの夏祖母が脳溢血で頓死《とんし》したのを見てから、平生大酒を呷《あお》る自分の身が急に案じられ、何時《いつ》やられるかもしれないという恐怖に始終襲われ通していた。一旦汽車の中でそれを想い出すと、体中の血が一挙に脳天へ逆上して来て、顔が火のようにほてり出す。

「あッ、もう堪《たま》らん。死ぬ、死ぬ。」

こう叫びながら、野を越え山を越えて走って行く車室の窓枠にしがみ着くこともあった。いくら心を落ち着かせようと焦ってみても、強迫観念が海嘯《つなみ》のように頭《あたま》の中を暴れ廻り、ただわけもなく五体が戦慄し、動悸《どうき》が高まって、今にも悶絶するかと危まれた。そうして次の下車駅へ来れば、真っ青な顔をして、命《いのち》からがら汽車を飛び下り、プラットホームから一目散に戸外《おもて》へ駈け出して、始めてほっと我れに復《かえ》った。

「ほんとうに命拾いをした。もう五分も乗っていれば、きっとおれは死んだに違いない。」

などと腹の中で考えては、停車場附近の旅館で、一時間も二時間も、時としては一と晩も休養した後、十分神経の静まるのを待って、さて再びこわごわ汽車に乗った。豊橋で泊まり、浜松で泊まり、昨日《きのう》の夕方は一旦静岡へ下車したものの、だんだん夜になると、不安と恐怖が宿屋の二階にまでもひたひたと押し寄せて来るので、またぞろそこに居たたまらず、今度はあべこべに夜汽車の中へ逃げ込むや否や、一生懸命酒を呷って寝てしまったのである。

「それでもまあ、よく無事に来られたものだ。」

と思って、彼は新橋駅の構内を歩みながら、今しも自分を放免してくれた列車の姿を、いまいましそうに振り顧《かえ》った。静岡から何十里の山河《さんか》を、馬鹿気た速力で闇《やみ》雲《くも》に駈け出して、散々原人《さんざッぱら》を嚇《おど》かし、勝手放題に唸《うな》り続けて来た怪物が、くたびれて、だらけて、始末の悪い長いからだを横えながら、「水が一杯欲しい。」とでもいいそうに、鼻の孔からふッふッと地響きのする程ため息をついている。何だかパックの絵にあるように、機関車が欠伸《あくび》をしながら大きな意地の悪い眼をむき出して、コソコソ逃げて行く自分の後姿を嘲笑《ちょうしょう》しているかと思われた。

人々の右往左往《うおうさおう》するうす暗い石畳の構内を出で、正面の玄関から俥《くるま》に乗る時、彼は旅行鞄を両股の間へ挿みながら、

「おい、幌をかけてくれ。」

こういって、停車場前の熱した広い地面からまともにきらきらと反射する光線の刺戟《しげき》に堪えかね、まぶしそうに両眼をおさえた。

ようやく九月にはいったばかりの東京は、まだ残暑が酷《きび》しいらしかった。夏の大都会に溢れてみえる自然と人間の旺盛な活力――急行列車のそれよりも更《さら》に凄じく逞《たくま》しい勢の前に、佐伯はまざまざと面《おもて》を向けることが出来なかった。剣《つるぎ》のような鉄路を走る電車の響、見渡す限り熱気の充満した空の輝き、銀色に燃えてもくもくと家並《やなみ》の後ろからせり上がる雲の塊、赭《あか》く乾いた地面の上を、強烈な日光を浴びて火の子の散るように歩いて行く町の群衆、――上を向いても、下を向いても、激しい色と光りとが弱い心を圧迫して、俥の上の彼は一刻も両手を眼から放せなかった。

今までひたすら暗黒な夜の魔の手に悩まされていた自分の神経が、もう白日の威力にさえも堪え難くなって来たかと思うと、彼は生きがいのない心地がした。これから大学を卒業するまで四年の間、昼も夜も喧囂《けんごう》の騒ぎの絶えぬ烈しい巷《ちまた》に起き臥

しして、小面倒な法律の書物や講義にいらいらした頭を泥《なず》ませる事が出来るであろうか。岡山の六高にいた時分と違い、本郷の叔母の家へ預けられれば、再び以前のような自堕落《じだらく》な生活は送れまい。永らくの放蕩で、脳や体に滲み込んでいるいろいろの悪い病気を直すにも、人知れず医者の許に通って、こっそりと服薬しなければなるまい。事によると、自分はこのままだんだん頭が腐って行って、廃人になるか、死んでしまうか、いずれ近いうちにきまりが着くのだろう。

「ねえあなた、どうせ長生《ながい》きが出来ない位なら、わたしがうんと可愛がってあげるから、いっそ二三年も落第してここにいらっしゃいよ。わざわざ東京へ野たれ死にをしに行かなくてもいいじゃありませんか。」

岡山で馴染みになった芸者の蔦子《つたこ》が、真顔で別れ際に説きすすめた言葉を思い出すと、潤いのない、乾涸《ひか》らびた悲しみが、胸に充ち満ちて、やる瀬ない悩ましさを覚える。あの色の青褪《あおざ》めた、感じの鋭い、妖婦じみた蔦子が、時々狂人のように興奮する佐伯の顔をまじまじと眺めながら、よく将来を見透すような事をいったが、残酷な都会の刺戟に、肉を啄《つつ》かれ、骨をさいなまれ、いたいたしく傷けられて斃《たお》れている自分の屍骸を、彼は実際見るような気がした。そうして十本の指の間から、臆病らしい眼つきをして、市街の様子を垣間《かいま》見た。

俥はいつか本郷の赤門前を走っている。二三年前に来た時とは大分変って、新らしく取り拡げた左側の人道へ、五六人の工夫が、どろどろに煮えた黒い漆《うるし》のようなものを流しながら、コンクリートの路普請《みちぶしん》をしている。大道に据えてある大きな鉄の桶の中から、赤熱されたコークスが炎天にいきりを上げて、陽炎《かげろう》のように燃えている。新調の角帽を冠って、意気揚々と通って行く若い学生達の風采には、佐伯のような悲惨《みじめ》な影は少しも見えない。

「あいつ等は皆おれの競争者《ライヴァル》だ。見ろ、色つやのいい頬《ほっ》ぺたをしていかにも希望に充ちたように往来を闊歩《かっぽ》して行くじゃないか。あいつ等は馬鹿だけれども、獣《けだもの》のような丈夫そうな骨格を持っていやがる。おれはとてもあいつ等に敵《かな》いそうもない。」

そんな事を考えているうちに、やがて「林」と肉太に記した、叔母の家の電燈の見える台町の通りへ出た。門内に敷き詰めた砂礫《されき》の上を軋《きし》めきながら、俥が玄関の格子先に停ると、彼はようやく両手を放して、駈け込むように土間へ入った。

「二三日前に立ったというのに、今まで何をしていたのだい。」

元気の好い声でいいながら、叔母は佐伯を廊下伝いに、ひとまず八畳ばかりの客間へ案内して、いろいろと故国《くに》の様子を聞いた。五十近い、小太りに肥った、いつ見ても気の若い女である。

「ふむ、そうかい。……お父さんも今年は大分儲《もう》けたって話じゃないか。お金が儲かったら家《うち》の普請でもするがいいって、お前様《まえさん》から少《ち》っとそういっておやり。ほんとにお前さん所ぐらいがらんとして、古ぼけた穢《きたな》い家はありゃしないよ。わたしゃ名古屋へ行くたびごとにそういってやるんだけれど、いずれそのうちにとか何とか、長いことばかりいっているんだもの。この間も博覧会の時に二三日泊まりに来いっていって寄越したから、わたしゃそういってやったのさ。ええと、遊びに参りたきは山々に候えども、……兼ねがね御勧め申置き候御普請の儀、いまだ出来かね候うちは、地震が恐ろしくてとても御宅に逗留致し難く候ってね。ほんとうにお前さん冗談じゃない。少し強い地震が揺って御覧、あんな家《うち》はたちまちぴしゃんこになっちまうから。お父さんは頭が禿げて耄碌爺《もうろくじい》さんになっているから好いが、叔母さんは色気こそなくなったものの、まだ命はなかなか惜しいからね。」

佐伯は頓狂《とんきょう》な話を聞きながら、にやにやと優柔不断の笑い顔をして、しきりに団扇を動かしている叔母の、嬰児《あかご》のようにむくんだ手頸《てくび》を見詰めていたが、やがて自分も出された団扇を取って煽《あお》ぎ始めた。

　家の中へ落ち着いて見ると、暑さは一《ひ》と入《しお》であった。風通しの好いようにと、残らず開け広げた縁外の庭に、こんもりした二三本の背の高い楓と青桐が日を遮って、その蔭に南天や躑躅《つつじ》が生い茂り、大きな八つ手の葉がそよそよと動いている。濃い緑色の反射のために、室内は薄暗くなって、叔母の円々した赭ら顔の頬の半面ばかりが、青く光っている。戸外《おもて》の明る味から急に穴倉のような処へ引き摺り込まれた佐伯は、俯《うつむ》向き加減に眼瞼をぱちぱちさせながら、久留米絣の紺が汗に交って、痩せた二の腕を病人のように染めているのを、いやな気持で眺めていた。多少神経が沈まると、俥の上で背負って来た炎熱が今一時に発散するかとばかり満身の皮膚を燃やして、上気した顔が、眼の暈《くら》む程かッと火照《ほて》り始め、もの静かな脂汗《あぶらあせ》が頸のまわりにぬるぬると滲み出た。

　のべつに独《ひとり》で喋舌《しゃべ》り立てていた叔母は、ふと誰か唐紙《からかみ》の向うを通る跫音《あしおと》を聞き付けて、小首をかしげながら、

「照ちゃんかい。」

と呼びかけたが、返事のないのにしばらく考えた後、

「照ちゃんなら、ちょいとここへお出ででないか、謙さんがお前、ようやく今頃名古屋からやって来たんだよ。」

こういっているうちに襖が開いて従妹《いとこ》の照子がはいって来た。

佐伯は重苦しい頭を上げて、さやさやと衣擦れの音のする暗い奥の方を見た。今しがた出先から帰って来たままの姿であろう。東京風の粋な庇髪《ひさしがみ》に、茶格子《ちゃごうし》の浴衣《ゆかた》の上へ派手な縮緬《ちりめん》の夏羽織を着て、座敷の中が狭くなりそうな、大柄な、すらりとした体を、窮屈らしくしなやかにかがめながら、よく都会の処女が田舎出の男に挨拶する時のように、安心と誇りのほの見える態度で照子は佐伯に会釈《えしゃく》をした。

「どうしたい、赤坂の方は。お前で用が足りたのかい。」

「ええ、あちら様《さま》でそう仰っしゃって下さいますなら、そこはもう何でございます、ようく解っておりますから決して御心配下さいませんようにッてね。……」

「そうだろう。そのはずなんだもの。一体鈴木があんなへまをやらなければ、元々こうはならなかったんだからね。」

「それも左様ですけれど、先方《さき》の人も随分だわ。」

「そうだともサ、……どちらもどちらだあね。」

親子はしばらくこんな問答をした。薄馬鹿という噂のある、この家の書生の鈴木が、何かまた失策を演じたものらしい。別段今この場で相談せずともの事だが、叔母は甥の前で、自分の娘の利巧らしい態度や話振《はなしぶり》を、一応見せておきたいのであろう。

「お母さんもまた、鈴木なんぞをお頼みなさらなければ好いのに、後で腹を立てたって、仕様がありませんよ。」

照子はませた調子で年増のような口を利いた。少し擦れ枯らしという所が見える。正面から庭のあかりを受けて、光沢《つや》のない、面長い顔がほんのり匂っている。この前逢った時には、あどけない乙女の心持と、大きな骨格と、シックリそぐわぬようであったが、今ではそんな所はない。大きいなりに豊艶な肉附きへなよなよと余裕が付いて、長い長い腕や項《うなじ》や脚のあたりは柔かい曲線を作り、たっぷりした着物まで美にして大なる女の四肢を喜ぶように、素直に肌へ纏わっている。重々しい眼瞼《まぶた》の裏に冴えた大きい眼球のくるくると廻転するのが見えて、生え揃った睫毛《まつげ》の蔭から男好きのする瞳が、細く陰険に光っている。蒸し暑い部屋の暗がりに、厚味のある高い鼻や、蛞蝓《なめくじ》のように潤んだ唇や、ゆたかな輪廓の顔と髪とが、まざまざと漂って、病的な佐伯の官能を興奮させた。

二三十分立ってから、彼は自分の居間と定められた二階の六畳へ上がって行った。そうして、行李や鞄を運んでくれた書生の鈴木が下りてしまうと、大の字になって眉を顰《ひそ》めながら、庇の外の炎天をぼんやりと視詰めていた。

正午近い日光は青空に漲《みなぎ》って、欄干の外に見晴らされる本郷小石川の高台の、家も森も大地から蒸発する熱気の中に朦々《もうもう》と打ち烟り、電車や人声やいろいろの噪音が一つになって、遠い下の方からガヤガヤと響いて来る。どこへ逃げても、醜婦の如く附き纏う夏の恐れと苦しみを、まだ半月も堪《こら》えねばならないのかと思いながら、彼ははんぺんのような照子の足の恰好を胸に描いた。何だか自分のいる所が十二階のような、高い塔の頂辺《てっぺん》にある部屋かとも想像された。

東京には二三度来たこともあるし、学校もまだ始まらないし、何を見に行く気も起らずに、毎日毎日彼は二階でごろ寝をしながら、まずい煙草を吹かしていた。敷島を一本吸うと、口中が不愉快に乾燥して、すぐゲロゲロと物を嘔《は》きたくなる。それでも関《かま》わず、唇を歪めて、涙をぽろぽろとこぼして、剛情に煙を吸い込む。

「まあ、えらい吸殻だこと、のべつに兄さんは召し上がるのね。」

こんな事をいいながら、照子は時々上がって来て、煙草盆を眺めている。夕方、湯上がりなどには藍《あい》の雫《しずく》のしたたるような生々しい浴衣を着て来る。

「頭が散歩をしている時には、煙草のステッキが入用ですからね。」

と、佐伯はむずかしい顔をして、何やら解らない文句を並べる。

「だってお母さんが心配していましたよ。謙さんはあんなに煙草を吸って、頭が悪くならなければ好いがって。」

「どうせ頭は悪くなっているんです。」

「それでも御酒は上がらないようですね。」

「ふむ、……どうですかしらん。……叔母様には内証だが、まあこれを御覧なさい。」

こういって、錠の下りている本箱の抽出しから、彼はウイスキーの罎《びん》を取り出して見せる。

「これが僕の麻酔剤なんです。」

「不眠症なら、お酒よりか睡り薬の方が利きますよ。妾《わたし》も随分内証で飲みましたっけ。」

照子はこんな塩梅《あんばい》に、どうかすると、一二時間も話し込んで下りて行く。

暑さは日増しに薄らいだが、彼の頭は一向爽やかにならなかった。後脳ががんがん痛んで、首から上が一塊の焼石のように上気《のぼ》せ、毎朝顔を洗う時には、頭の毛が抜けて、べっとりと濡れた頰へ着く。やけになって、髪を挘《むし》ると、いくらでもバラバラ脱落する。脳溢血、心臓麻痺、発狂、……いろいろの恐怖が鳩尾《みぞおち》の辺に落ち合って、激しい動悸が全身に響き渡り、両手の指先を始終わなわな顫《ふる》わせていた。

それでも一週間目の朝からは、新調の制服制帽を着けて、弾力のない心を引き立たせ、不承不承に学校へ出掛けたが、三日も続けると、すぐに飽き飽きしてしまい、何の興味も起らなかった。

よく世間の学生達は、あんなに席を争って教室へ詰めかけ、無意義な講義を一生懸命筆記していられるものだ。教師のいう事を一言半句も逃すまいと筆を走らせ、黙々として機械のように働いている奴等の顔は、朝から晩まで悲しげに蒼褪めて、二た眼と見られたもんじゃない。それでもあいつ等は、結構得々として、自分達が

いかにみすぼらしく、いかにみじめで、いかに不仕合せであるかという事を知らないのだろう。講師が講壇に立って咳一咳《がいいちがい》、

「……エエ前回に引き続きまして、……」

とやり出すと、場内に充ち満ちた頭顱《とうろ》が、ハッと机にうつむいて、ペンを持った数百本の手が一斉にノートの上を走り出す。講義は人々の心を跳び越して、直ちに手から紙へ伝わる。行儀の悪い、不思議に粗末《ぞんざい》な、奇怪なのらくらした符号のような文字となって紙へ伝わる。ただ手ばかりが生きて働いている。あの広い教場の中が、水を打ったようにシンとして、すべての脳髄がことごとく死んでしまって、ただ手ばかりが生きているのだ。手が恐ろしく馬鹿気た勢で、盲目的にスタコラと字を書き続けたり、ガチガチとインキ壺へペンを衝込んだり、ぴらりと洋紙の頁を捲くったりする音が聞える。

「さあさあ早く気狂いにおなんなさい。誰でも早く気狂いになった者が勝ちだ。可哀そうに皆さん、気狂いにさえなってしまえば、そんな苦労はしないでも済みます。」

どこかで、こんな蔭口を利いている奴の声も聞える。他人は知らないが、佐伯の

耳には、きっとこの蔭口を囁《ささや》く奴がいるので、臆病な彼はとても怯えていたたまれなくなる。

流石《さすが》に叔母の手前があるから、半日位はやむを得ず図書館へはいったり、池の周囲をぶら附いたりした。家へ帰れば、相変らず二階で大の字になって、岡山の芸者の事や、照子の事や、死の事や、性慾の事や、愚にも附かない種々雑多な問題を、考えるともなく胸に浮べた。どうかすると寝ころんだまま枕元へ鏡を立てて、肌理《きめ》の粗い、骨ばった目鼻立ちをしげしげと眺めながら、自分の運命を判ずるような真似をした。そうして、恐ろしくなると急いで抽出しのウイスキーを飲んだ。

アルコールと一緒に、だんだん悪性の病毒が、脳や体を侵して来るようであった。東京へ出たらば、上手な医者に診察して貰いましょうと思っていたのだが、今更注射をする気にも、売薬を飲む気にもなれなかった。彼はもう骨を折って健康を回復する精力さえなくなっていた。

「謙さん、一緒に歌舞伎へ行かないかね。」

などと、叔母はよく日曜に佐伯を誘った。

「折角《せっかく》ですが、僕は人の出さかる所へ行くと、何だか恐《こわ》くなっていけませんから……実は少し頭が悪いんです。」

こういって、彼は悩ましそうに頭を抱えて見せる。

「何だね、意気地のない。お前さんも行くだろうと思って、わざわざ日曜まで待っていたんだのに、まあ好いから行って御覧。まあさ、行って御覧よ。」

「いやだっていうのに、無理にお勧めしたって駄目だわ。お母様は自分ばかり呑気《のんき》で、ちっとも人の気持が解らないんだもの。」

と、傍から照子がたしなめるようなことをいう。

「だけど、あの人も少し変だね。」

と、叔母は二階へ逃げて行く佐伯の後ろ姿を見送りながら、

「猫や鼠じゃあるまいし、人間が恐いなんて可笑《おか》しいじゃないか。」

と、今度は照子に訴える。

「人の気持だから、そう理責めには行かないわ。」

「あれで岡山では大分放蕩をしたんだそうだが、もう少し人間が砕けそうなものだね。もっとも書生さんの道楽だから、知れているけれど、まだからっきし世馴れないじゃないか。」

「謙さんだって、妾だって、学生のうちは皆《みんな》子供だわ。」

照子はこういって、皮肉な人の悪い眼つきをする。結局、親子は女中のお雪を伴《つ》れて、書生の鈴木に留守を頼んで出かけて行く。

鈴木は毎朝佐伯と同じ時刻に、弁当を下げて神田辺の私立大学へ通っていた。家にいると玄関脇の四畳半に籠って、何を読むのかしきりにコツコツ勉強するらしい。眉の迫った、暗い顔をいつもむっつりさせて、朝晩には風呂を沸かしたり、庭を掃いたり、大儀そうにのそのそ仕事をしている。少し頭が低能で、不断何を考えているのか要領を得ないが、叔母やお雪に一言叱言《こごと》を云われれば、表情の鈍い面を脹《ふく》らせ、疑深い、白い眼をぎょろりとさせて怒る事だけは必ず確かである。始終ぶつぶつと不平らしく独語をいっている。

「鈴木を見ると、家の中に魔者《まもの》がいるような気がしますよ。」

と、叔母のいったのも無理はない。馬鹿ではあるが、いやに陰険で煮え切らない所がある。あれでも幼い頃には一《ひ》と角《かど》の秀才で、叔父が生前に見込みを付けて家へ置いたのだが、将来立派な者にさえなれば、随分照子の婿にもしてやると、ウッカリほのめかしたのを執念深く根に持って、一生懸命勉強している間に、馬鹿になってしまったのだそうだ。いまだに照子のいうことなら、腹を立てずに何でも聴く。きっとあいつは照子に惚れて、Onanism に没頭した結果馬鹿になったのに違いない、と佐伯は思った。鈴木ばかりか、自分も照子に接近してから、余計神経が悩んで、馬鹿になったように思われる。実際あの女と対談した後では五体が疲れる。あの女は男の頭を掻き拗るような所があるらしい。……佐伯はそんな事を考えた。

みしり、みしり、と梯子段《はしごだん》に重い跫音をさせて、ある晩鈴木が二階へ上がって来た。もう九月の末の秋らしい夜で、どこかに蟋蟀《こおろぎ》がじいじい啼《な》いている。叔母を始め、女達は皆出かけて、ひっそりとした階下の柱時計のセコンドが、静かにコチコチと聞えている。

「何か御勉強中ですか。」

といいながら、鈴木はそこへ据わって、部屋の中をじろじろ見廻した。

「いや。」

といって、佐伯は居ずまいを直して、けげんそうに鈴木の顔色を窺《うかが》った。めったに自分に挨拶をした事もない、無口な男が、何用あって、珍らしくも二階へ上がって来たのだろう。……

「大変夜が長くなりましたな。」

曖昧な聞き取りにくい声で、もぐもぐと物をいったが、やがて鈴木はうつ向いてしまった。毒々しく油を塗った髪の毛が、電燈の下でてかてかしている。頑丈な、真黒な、生薑《しょうが》の根のような指先を、ピクリピクリ動かしつつ黙って膝頭で拍子を取っている。何か相談があって、家族の留守を幸いに、やって来たのだろうが、容易に切り出しそうもない。妙に重々しく圧え付けられるようで、佐伯は気がいらいらして来た。全体何をいう積りで、もじもじと、いつまでも考えているのだろう。話があるならさッさと喋《しゃべ》るがいいじゃないか。……と、腹の中で呟きたくなる。が、鈴木はなかなか喋り出さない。「あなたはそこで勉強しているがいい。私は自分の勝手でここに坐っているのだ。」といわんばかりに、畳の目を睨みつつ、上半身で貧乏揺すりをしている。……夜は非常に静かである。からりころりと冴えた下駄の音が聞えて、遥かに本郷通りの電車の軋めきが、鐘の余韻のように殷々《いんいん》と響く。

「甚だ突然ですが、少しその、あなたに伺いたい事があって……」

いよいよ何かいい始めた。相変らず畳を視詰めて、貧乏揺すりをして、

「……他の事でもありませんが、実は照子さんの事についてなんです。」

「はあどんな事だか、まあいって見給え。」

佐伯は出来るだけ軽快を装って、少し甲高《かんだか》い調子でいったが、咽喉へ唾液《つば》が溜まっていたものと見えて、ひしゃげたような声が出た。

「それからもう一つ伺いたいんですが、一体あなたがこの家へいらっしゃったのはどういう関係でございましょう。」

「どういう関係といって、僕とここことは親類同士だし、学校も近いから、都合が好いと思ったんです。」

「ただそれだけですかなあ。あなたと照子さんとの間に、何か関係でもありはしませんか。親と親とが、結婚の約束を取り極めたとでもいうような。」

「別にそんな約束はありませんがね。」

「そうですかなあ、どうぞ本当の事を仰っしゃって下さい。」

鈴木は胡散臭《うさんくさ》い眼つきをしながら、歯列《はなら》びの悪い口元でにたにたと無気味に笑っている。

「いいや、全くですよ。」

「まあそれにしても、これから先になって、あなたが欲しいと仰っしゃれば、結婚なさる事も出来そうだと思いますが、……」

「欲しいといったら、叔母はくれるかもしれないけれど、当人が判りますまい。それに僕は当分結婚なんかしませんよ。」

佐伯は話をしているうちに、だんだん癪《しゃく》に触って来て、何だか馬鹿がこっちへも乗り移りそうな気分になった。大声で怒鳴りつけてくれようかと思う程、胸先がムカムカしたが、じっと堪《こら》えている。それに相手が愚鈍な脳髄を遺憾《いかん》なく発揮するのを多少痛快にも感じている。

「しかし結婚はどうでも、とにかくあなたは照子さんが御好きでしょう。嫌いというはずはありませんよ。どうも僕にはそう見えます。」

「別段嫌いじゃありません。」

「いや好きでしょう。あるいは恋していらっしゃりはしませんか。それが僕は伺いたいのです。」

こういって、鈴木はいかにも根性の悪そうな、仏頂面《ぶっちょうづら》をして、ぱちくりと眼瞬《まばた》きをしながら、思っている事を皆いわせなければ承知しないというように、佐伯の一挙手一投足を監視して睨み付けている。

「恋をしているなんて、そんな事は決して。」

と、佐伯はおずおず弁解しかけたが、どうした加減か、中途で急に腹が立って来た。

「一体君は、そんな事をしつくどく根掘り葉掘りしてどうするんだい。恋しようと恋しまいと僕の勝手じゃないか、好い加減にし給え、好い加減に。」

喋舌っている間に、心臓がドキドキ鳴って、かっと一時に血が頭へ上って行くのが、自分にも判る。嚙み付くような怒罵《どば》を、不意に真甲《まっこう》から叩きつけられて、鈴木の脹《ふく》れっ面はだんだん険悪な相を崩し始め、遂には重苦しい、薄気味のわるい笑顔になって行く。

「そうお怒りになっちゃ困りますなあ。僕はただあなたに忠告したいと思ったんです。照子さんはなかなか一通りの女じゃありませんよ。不断は猫を被っていますが、腹の中ではまるで男を馬鹿にし切っているんです。実は極《ご》く秘密の話なんですが、……」

と、鈴木は一段声をひそめ、膝を乗り出して、さも同感を求めるような口調で、

「大概お解りでしょうが、あの女はもう処女じゃありませんよ。随分いろいろな男の学生と関係したらしいんです。第一、僕とも以前に関係があったんですから。……」

そういって、しばらく相手の返事を待っていたが、佐伯が何ともいわないので、また話を続ける。

「けれども全く美人には違いありませんね。僕はあの女のためなら、命を捨ててもいい積りなんです。照子のお父様が生きている時分に、確かに僕にくれるといったんです。実は話がそうなっていたんですが、この頃になって、どうも母親の考が変ったらしく思われるものですから、それで先刻《さつき》あんな事をあなたに伺ってみました。――全体母親も良くありません。男親の極めておいた約束を、今更反古《ほご》にするなんて、少し無法じゃありませんか。先がそういう了見なら、僕の方にも覚悟がありますす。なあに、照子の気持は母親よりも僕の方がよく解っている。あの女は非常に冷酷で、男を弄《もてあそ》ぶ気にはなっても、惚れるなんて事はないのです。だから、うるさく附け廻わしてやれば、根負《こんま》けがして、誰とでも結婚するに極まっていますよ。」

こんな事を、とぎれとぎれに、ぶつぶつと繰り返して、いつまで立っても止みそうもなかったが、突然戸外《おもて》の格子がガラガラと開いて、三人の跫音がすると、

「何卒今日の話は内分に願います。」

こういい捨てて、鈴木は大急ぎで下へ行った。


何でも十一時近くであろう、それから一時間ばかり立って、皆寝静まった頃に、

「謙さん、まだお休みでないか。」

といいながら、叔母がフランネルの寝間着の上へ羽織を引懸けて、上がって来た。

「先刻《さっき》鈴木が二階へ来やしないかい。」

こういって、佐伯の凭れている机の角へ頬杖を衝《つ》いて、片手で懐から煙草入を出した。多少気がかりのような顔をしている。

「ええ来ましたよ。」

「そうだろう。何でも帰ってきた時に、ドヤドヤと二階から下りて来た様子が変だったから、行って聞いてみろッて、照子がいうんだよ。めったにお前さんなんぞには、ろくすっぽう口も利かないのに、可笑しいじゃないか。全体何だっていうの。」

「愚にも附かない事ばかり、独《ひとり》で喋舌っているんですよ。ほんとに彼は大馬鹿だ。」

　珍らしく佐伯は、機嫌の好い声で、すらすらと物をいった。

「また私の悪口じゃないのかい。方々へ行って、好い加減な事を触れて歩くんだから困っちまうよ。あれで、あの男は馬鹿の癖になかなか小刀細工《こがたなざいく》をするんだからね。――いずれお前さんと照子とどうだとかいうんだろう。」

「そうなんです。」

「そんなら、もう聞かないでも、大概わかっていらぁね。若い男がちょいとでも照子と知り合いになると、すぐにあいつは聞きに出かけるんだよ。あいつの癖なんだからお前さん悪く思わないようにね。」

「別に何とも思っちゃいません。しかしあれじゃ叔母さんもお困りでしょう。」

「お困りにも、何にも……」

　と、眉を顰める拍子に、ぽんと灰吹《はいふき》へ煙管を叩いて、叔母はまた語り続ける。

「あいつのためには、私は時々魘《うな》されますよ。叔父様が亡《なく》なってから、一度暇を出したんだけれど、その時なんざ、私達親子を恨んで、毎日毎日刃物を懐《ふところ》にして、家の周囲《まわり》をうろついてるッて騒ぎなんだろう。まあ私達がどんなに酷い事でもしたようで世間体《せけんてい》が悪いじゃないか。家へ入れてやらなければ、火附け位はしかねないし、仕方がないから、また引き取ってやったあね。照子はなに鈴木は臆病だから、いつもの小刀細工で人を嚇かしてるんだッて、いうけれど、私は、満更そうでもあるまいと思う。なあに、ああいう奴が、今にきっと人殺しなんぞするんです。……」

ふと、佐伯は、フランネルに包まれた、むくむくした叔母の体が、襟髪《えりがみ》か何かをムズと摑まれて、残酷にずでんどうと引き摺り倒され、血だらけになって、キャッと悲鳴を揚げる所を想像した。あの懐に見えている、象の耳のようにだらりと垂れた乳房の辺へ、グサッと刃物を突き立てたら、どんなだろう。不恰好に肥った股の肉をヒクヒクさせ、大根のような手足を踏ん張って、ひいひいばたばたと大地を這い廻った揚句、あの仔細らしい表情の中央《まんなか》にある眉間《みけん》を割られて、キュッと牛鍋の煮詰まったように、息の根の止る所はどんなだろう。……

ぼんと階下で時計が半を打った。あたりがしんしんと更けて、大分寒さが沁《し》み渡る。叔母は話に夢中になって、しきりに煙草盆の灰の中を、雁首で掻き廻している。灰の山がいろいろの形に崩れて、時々蛍ほどの炭火がちらちら見えるが、容易に煙草へ燃え移らない。

「……だから私も心配でならない。照子だって、いずれそのうち婿を貰わなけりゃならないけれど、またあの馬鹿が、何をするかもしれないと思うと……」

いつの間にか火を附けたと見えて、叔母の鼻の孔から、話と一緒に白い煙の塊がもくもく吐き出され、二人の間に漂いながら、はびこって行く。

「それに照子が、縁談となると嫌な顔をするので、私も弱り切るのさ。謙さんからもちっとそういってみておくれな。そりゃ私も随分呑気だけれど、あの娘《こ》ときたらまた一倍だからね。二十四にもなって、一体まあどうする気なんだろう。」

叔母はいつもの元気に似合わず、萎れ返って、散々愚痴をこぼしたが、十二時が鳴ると話を切り上げ、

「そういう訳だから、鈴木が何といったって、取り上げないでおくんなさい。あんな奴に掛り合うと、しまいにはお前さんまで恨まれるからね。――さあさあ遅くなっちまった。謙さんももうお休み。」

こういって下りて行った。

明くる日の朝、佐伯が風呂場で顔を洗っていると、跣足《はだし》になって庭を掃いていた

鈴木が、湯船の脇の木戸口から、のっそりはいって来た。

「お早う。」

と、佐伯は少しギョッとして、殊更機嫌を取るように声をかけたが、何か非常に腹を立てているらしく、しばらくは返事もせずに面を脹らしている。

「あなたは、昨夜の事をすっかりいい附けましたね。――お恍《とぼ》けになったっていけません。僕はあれからまんじりともしないで、様子を聞いていたんです。たしかに奥様が二階へ上がって行って十二時過ぎまで話をしていました。僕はもうあなたとも仇同士《かたきどうし》だから、これからは決して口を利きませんよ。僕に何をいいかけたって無駄だから、何卒その積りでいて下さい。」

こういって、ぷいと風呂場を出て行ったかと思うと、何喰わぬ顔をして庭を掃いている。

「とうとうおれにも魔者が取り付いた。」

佐伯は腹の中でこう呟いた。あいつは人が親切にしてやれば やる程仇《かたき》だと思って付け狙うんだ。事によるとおれがあいつに殺されるのかもしれない。いかにあいつのために利益を図って、なるべく照子にも近附かないようにして、真実を尽くせば尽くすほど、いよいよあいつはおれを恨んで、揚句の果てに殺すのかもしれない。始終殺されまい、殺されまいと、気を配りつつ、逃げて廻っているうちに、だんだん自分が照子と恋に落ちて、矢張《やっぱり》殺されなければならないような運命に陥《はま》り込みはしないだろうか。……

鈴木はまだ庭を掃いている。頑丈な、糞力のありそうな手に箒を握って、臀端折《しりはしょ》りで庭を掃いている。あの体で押さえ付けられたら、おれはとても身動きが出来まい。――種々雑多な、取り止めのないもやもやとした恐怖が、佐伯の頭の中に騒いでいる。

十月も半ばになって、学校の講義は大分進んだが、彼のノートは一向厚くならなかった。「なに毎日出席しなくってもいいんです。」とか、「今日は少し気分が勝れない。」とか、だんだん図々《ずうずう》しい事を云って、三日に上げず欠席するようになった。朝も非常に寝坊をした。暇さえあれば、蒲団にもぐり込んで、獣のような、何かに渇《かつ》えたような眼をぱっちりと開いて、天井を視詰めながら、うとうとと物を考える。脳を循る血が、ズキンズキンと枕へ響き、眼の前に無数の泡粒がちらちらしたり、耳鳴りがしたりして、体の節々のほごれるような慵《ものう》い、だるい日が続く。ちょいとごろ寝をした間にも、恐ろしく官能的な、奇怪な、荒唐な夢を無数に見る。そうしてそれが眼を覚ました後までも、感覚に残っている。天気の好い日は、南の窓から癪に触る程冴え返った青空が、濁った頭を覗き込んでいる。もう再び放蕩をしようという気も起らない。こんな衰弱した体で、刺戟の強い、靡爛《びらん》した歓楽を二日も試みたら、きっと死んでしまうだろうと思われる。

照子は日に何度となく二階へ上がって来る。あの大柄な女の平《ひら》べったい足で、寝ている枕元をみしみし歩かれると、佐伯は自分の体を踏み付けられるように感じた。

「私が梯子段を上がるたびごとに、鈴木が可笑しな眼つきをするから、猶更《なおさら》意地になってからかってやるのよ。」

こういって、照子は佐伯の眼の前へ坐りながら、

「この二三日感冒《かぜ》を引いちゃって。」

と袂《たもと》から手巾《ハンケチ》を出してちいちいと洟《はな》を擤《か》んだ。

「こんな女は、感冒を引くと、余計 attractive になるものだ。」

と思って、佐伯は額越しに、照子の目鼻立ちを見上げた。寸の長い、たっぷりし

た顔が、喰い荒した喰べ物のように汚《よご》れて、唇の上がじめじめと赤く爛《ただ》れている。生暖かい活気と、強い底力のある息が、頭の上へ降って来るのを佐伯は悩ましく感じながら、

「ふむ、ふむ。」

と、好い加減な返事をして、胸高に締めた塩瀬《しおぜ》の丸帯の、一呼吸ごとに顫えるのを、どんよりと眺めている。

「兄さん――あなたは鈴木に捕まってから、私が来るといやに気色を悪くなさるのね。」

こういって、照子は腰を下ろして、ぴしゃんこに坐り直した。

湯へはいらないせいであろう、膝の上へ投げ出した両手の指が、やや黒《くろ》ずんでいる。あの面積の広い掌《てのひら》が、今にも自分の顔の上を撫《な》で廻しに来やしないかと、佐伯は思った。

「何だか僕は、あいつに殺されるような気がする。」

「どうしてなの。何か殺されるような覚えがあって？　あなたまで恨まれる因縁《いんねん》はありゃしないわ。」

「そりゃ何も因縁はないさ。」

佐伯は慌《あわ》てて取り消すようにいったが、何だか気不味《きまず》い所があるので、照子の顔を見ないように話をつづける。

「けれどもあいつは、因縁なんぞなくったって、恨む時には恨むんだから抗《かな》わない。――ただ訳もなく殺されるような気がするんだ。」

「大丈夫よ、そんな事が出来る位な、ハキハキした人間じゃないんですもの。――けれども殺すとしたら、まずお母様だわ。私を殺す気にはとてもなれないらしい。」

「そいつは判らないな。可愛さ余って憎さが百倍というじゃないか。」

「いいえ、たしかに殺すはずはないの。いつか家を追い出された時だって、お母様ばかり嚇かしているんですよ。私は夜昼《よるひる》平気で戸外《おもて》へ出てやったけれど、てんで傍へも寄り付いて来なかったわ。……」

照子はこっそりと前の方へ、蓋《かぶ》さるように乗り出して来る。

「それだのに兄さんが殺されるなんて、そんな事がありっこないわ。よしんば、二人の間にどんな事があっても……」

佐伯は急に、何か物に怖れるような眼つきをして、

「照ちゃん僕は頭が痛いんだから、また話に来てくれないか。」
と、いらいらした調子で、慳貪《けんどん》にいい放った。

間もなく照子と入れ代りに、女中のお雪が上がって来て、何か部屋の中を、こそこそと捜している。

「お嬢さんが手巾をお忘れになったそうですが、御存じございませんかしら、何でも洟を擤んだ穢い物だから、持って来てくれと仰っしゃいますが。……」

「忘れたのなら、そこいらにあるだろう。僕は気がつかなかったがね。」

佐伯は無愛想な返事をすると、背中を向けて寝てしまった。それから、お雪がやしばらく捜《たず》ねあぐんで下りて行った頃、またむくむくと起き返った。そして梯子段の方へ気を配りながら、臆病らしく肩をすぼめて、蒲団の下から手巾を引き摺り出し、拇指と人差指で眼の前へ摘み上げた。

四つに畳まれた手巾は、どすぐろい板のように濡れて癒着《くっつ》いて、中を開けると、鼻《はな》感冒《かぜ》に特有な臭気が発散した。水洟が滲み透して、くちゃくちゃになった冷めたい布を、彼は両手の間に挿んでぬるぬると擦《こす》って見たり、ぴしゃりと頬《ほっ》ぺたへ叩き付けたりしていたが、しまいに顰《しか》めッ面《つら》をして、犬のようにぺろぺろと舐《な》め始めた。……これが涙の味なんだ。何だかむっとした生臭い匂を舐めるようで、淡い、塩辛い味が、舌の先に残るばかりだ。しかし、不思議に辛辣《しんらつ》な、怪《け》しからぬ程面白い事を、おれは見付け出したものだ。人間の歓楽世界の裏面に、こんな秘密な、奇妙な楽園が潜んでいるんだ。……彼は口中に溜る唾液を、思い切って滾々《こんこん》と飲み下した。一種掻き挘られるような快感が、煙草の酔の如く脳味噌に浸潤して、ハッと気狂いの谷底へ、突き落されるような恐怖に追い立てられつつ、夢中になって、ただ一生懸命ぺろぺろと舐める。

やがて二三分立つと、彼は手巾を再びそっと蒲団の下へ押し込み、眼が眩《くるめ》くように惑乱された頭を抱えながら、憂鬱な暗澹《あんたん》とした物思いに耽った。おれはこうやってだんだん照子に踏み躙《にじ》られて行くのだ。あの女は蜥蜴《とかげ》のように細長い、しなしなした体で、鈴木と一緒におれの運命の上へ黒雲の如く蓋《かぶ》さって来るのだ。

翌朝佐伯は床を離れると、早速手巾を洋服の内隠嚢《うちがくし》へ入れて、こそこそと鈴木の前を逃げるように学校へ行った。そうして便所の戸を堅く締めて、その中でそっと拡げたり、池の汀の雑草の中に埋れて、野獣が人肉をしゃぶるようにぺちゃぺちゃとやる。やがてまた何とも名状し難い、浅ましい、不快な気分に呪われつつ、物凄い青黒い顔をして、ふらりと家へ戻って来る。そのうちに手巾は、水洟の糟も残らず綺麗に黄色く乾上《ひあ》がって、突張ってしまった。

「もう好い加減に降参しろ。」といわんばかりに、照子は相変らず二階へ上がって来ては、チクチクと佐伯の神経をつッ突く。あの銀の鍼《はりがね》に似た眼元に、媚びるような、冷やかすような微笑を泛《うか》べてじりじりと肉薄されると、佐伯は手巾の一件を見破られるかと思われて、避《よ》けて廻りながらも、存分に飜弄《ほんろう》され、悩まされて行く。あの柔かそうに嵩張《かさば》った、すべすべと四肢の発達した肉体の下に、魂が押し潰されて、藻掻《もが》いても、焦っても、逃げようのない重苦しさに、彼は哀れを乞うが如き眼つきをしながら、

「照子の淫婦奴！」

と呻《うな》るような声で怒号してみたくなるかと思えば、

「いくら誘惑したって、降参なんかするものか。おれにはあいつにも鈴木にも知れないような、秘密な楽園があるんだ。」

こんな負け惜しみをいって、せせら笑う気持にもなった。

憎念

『甍』大正三（一九一四）年三月

私は「憎み」という感情が大好きです。「憎み」ぐらい徹底した、生一本な、気持ちのいい感情はないと思います。人を憎むという事は、人を憎んで憎み通すという事は、ほんとうに愉快なものです。

仮りに自分の友達の中に憎らしい人間がいるとする。私は決してその友達と絶交しません。いつまでも彼と交際して表面はいかにも深切に装って、内々腹の底で軽蔑したり、意地の悪い行動を取ったり、皮肉なお世辞を浴びせたり、空惚《そらとぼ》けて欺かしたり、散々愚弄《ぐろう》し抜いてやりたいと思います。もし世の中に憎らしい人間がいなかったら、どんなに私の心は淋しいか判りません。

私は自分が憎んでいる男の顔をハッキリと覚えています。恋いしい女の顔よりももっとハッキリ覚えています。そうして、いつでもその輪廓をまざまざと眼前に描き出す事が出来ます。どうかすると、その男が憎いと同様に、その男の皮膚の色、肌理《きめ》の工合、鼻の形、手足の恰好までが憎くて憎くて溜らない事があります。「憎い足つきだ。」「憎い手つきだ。」「憎い皮膚の色だ。」などと思います。

私が始めてこんな感情を経験したのは、極めて幼い、七つか八つの、少年時代でした。その頃私の家に、安太郎という十二三の、色の黒い、眼のグリグリした、腕白盛りの小僧が奉公していました。子供に似合わず生意気で、口が達者で、時々番頭や女中から叱言をいわれても相手を馬鹿にしてなかなかいう事を聴きません。毎晩店の用事が済むと小いさな天神机に向って、習字の稽古をさせられる慣例になっていましたが、いつも満足に勉強した事はありませんでした。大概居睡りをしているか、さもなければ、

「坊っちゃん坊っちゃん。ちょいとここへいらっしゃい。」

こういって私を相手にいろいろな話をしながら、草紙の上へ徒《いたず》ら書《が》きをして夜を更かします。

「坊っちゃんにこの絵がわかりますか。」

こんな事をいって、安太郎は随分尾籠《びろう》な、怪《いかが》わしい図を描いては、私をキャッキャッと笑わせたりしました。

私は最初安太郎が大好きでした。何となく下品な奴だとは思いながら、それでもあの可笑しな絵を見るのが面白くて、毎晩店の退《ひ》けるのを楽しみに、彼の机の傍へ行きました。

「安太郎、今度はあたいがお屁《なら》をしている所を画いて御覧。」

などと、自分の方から滑稽な題を択んで乱暴極まる絵を書かせては止め度もなく笑い興じます。安太郎はまた、容易に少年の耳に入り難いさまざまの智識――例えば人間はどうして子を生むのだとか、いかにして生まれるのだとかいうような、不思議な智識を私の頭へ注入しました。日を経るに従って、私と彼との交情は益々《ますます》親密になり、安太郎が戸外《おもて》へ使いに行く時には私もそっと附いて行って、一緒に道草を喰ったり、買い喰いをしたりするようになりました。

すると、ある日曜日の昼頃の事です。店は朝から休みなので、番頭だの手代だの、多くの奉公人はみんな遊びに出掛けてしまいましたが、小僧の安太郎だけは留守番を命ぜられて、どこへも行く事が出来ません。相変らず私を相手にして、誰もいないのを幸いに、勝手放題な悪騒ぎをしていると、

「安公！　いい加減にしないかい。坊っちゃんに悪い事ばかり教えないでちっと手

習いでもするがいいや。」

こういって、口穢《くちぎたな》く罵《ののし》りながら、二階の男部屋の梯子段を下りて来た者がありました。それは手代の善兵衛という、三十五六の、でっぷりと太った、見たところいかにも憎体《にくてい》な赭《あか》ら顔の男でした。これからどこへ出掛ける積りなのか余所行きの表附きの駒下駄を片手に提げて、ピカピカ光る糸織の羽織に同じような縞の綿入を着て、いつになく髪の毛を綺麗に分けています。

「善どん、どこへ行くんだい。大そうめかし込んでるじゃないか。」

安太郎は狡猾《ずる》そうな眼つきをして、善兵衛の身なりをジロジロと眺めました。

「どこへ行こうと余計なお世話だ。」

持っていた駒下駄を土間へ卸《おろ》して両足に突掛《つっか》けると、善兵衛は上《あが》り框《かまち》に腰かけながら、何となくそわそわして、柱時計を見上げています。

「へん、お楽しみだね。」

と、安太郎は首をちぢめて、再び冷やかしました。

「何がお楽しみだ？　解りもしねえ癖に、ほんとに手前《てめえ》は生意気だな。」

「生意気でもまだ女郎買いは知らねえや。」

「なんだと?」

善兵衛は急に嶮しい顔つきをして、安太郎を睨《ね》め付けながら、

「女郎買いがどうしたというんだ。もう一遍いってみろ、承知しねえから。……黙っていりゃあ好い気になって、つまらねえお喋舌《しゃべ》りばかりしゃあがる。」

「そんなに怒らなくってもいいじゃないか。おれはまだ女郎買いを知らないといっただけなんだ。」

「何の用があってそんな事をいったんだ。手前はこの間あんなに擲《なぐ》られておきながら、まだ性懲《しょうこ》りもねえとみえるな。」

善兵衛は私の居る前で自分の秘密を発《あば》かれたら、やがて主人に告げ口されるとでも思ったのでしょう。みるみる額に青筋を立てて、心配そうに私の顔色を判じながら、いきなりコツンと安太郎のいが栗頭を撲《は》り付けました。

「あ痛え、人《ひと》!　馬鹿にしてやがらあ。」

「手前なんざ口でいったって承知しねえから、後悔するまでこうしてやるんだ。これからちッと気を付けろ。」

「何いってやがるんだい!　手前こそほんとに気を付けるがいいや。毎晩毎晩店を

抜け出して、明け方になって帰って来る癖に、人が知らないと思ったって、みんな判ってるんだ。」

安太郎は擲られた口惜しまぎれに、もう真剣の喧嘩口調で大声にこう叫びました。続いてまたぽかぽかと横面を打たれましたが、

「畜生！　擲るならいくらでも擲れ。さあ打《ぶ》て、沢山打《ぶ》ってくれ。」

と、腕を捲くって向って行きます。

善兵衛は自分の方から事を荒立てて、子供ながらも相手の見幕の凄じいのに今更《いまさら》躊躇《ちゅうちょ》したものの、最早や黙って引込む訳に行きません。たちまち小僧の襟頸《えりくび》を摑んで、土間へ引き摺り倒すと同時に、拳固を固めて滅多打ちに擲り始めました。たたきの上へ俯向《うつむ》きに押し潰された安太郎は、撥ね起きようと両足を藻掻《もが》きながら聞えよがしにわざと素晴らしい悲鳴を挙げて、矢鱈無上《やたらむしょう》に善兵衛の毛脛《けずね》の辺を引搔いたり、抓《つね》ったりします。例の余所行きの羽織の袖が、びりびりとちぎれてしまいました。

私はしばらくアッケに取られて、ぼんやりと二人の格闘を眺めていました。その時妙に私の目を引き付けたものは、大兵肥満《だいひょうひまん》の男の膝に組み敷かれた安太郎の哀

れに歪んだ容貌と、苦しげにのた打ち廻る両足の運動でした。黄色い、肉附きのない足の裏が、五本の指を開いたり、縮めたりして力強く蠢《うご》めいている様子を見ると、何だか安太郎という人格とは全く関係のない、ある不思議な動物であるかのように感ぜられました。殊にその顔の歪んだ輪廓の面白さ！　私の立っている所からは、安太郎の喉笛《のどぶえ》を搾《しぼ》って泣き叫ぶたびごとにカッと開かれる真赤な口腔と、低い鼻の孔の中がまざまざと見えるのでした。

「何という醜い、汚ならしい、鼻の孔だろう。」――そんな考えが、ふと私の頭に浮かびました。そうして、彼の鼻柱が苦痛の表情に連れていろいろなひしゃげた形に変化するのを、黙ってまじまじと視詰めていました。

「人間の顔には、どうして鼻の孔なんぞが附いているのだろう。あの孔がなかったら、人間の顔はもう少し綺麗だったろう。……」

子供心にも、私はおぼろげにこんな意味の不満足を抱きました。

二人の喧嘩は間もなく女中の仲裁によって鎮まりましたが、私はその後幾日立ってても、例の鼻の孔の恰好を忘れる事が出来ませんでした。飯を喰う時にはキッとその恰好が眼先へちらちらして気持ちを悪くさせました。おかしな事には、そんなに嫌いでありながら私は矢っ張り時々安太郎の傍へ行って、密かに頤の下の方から鼻つきを窺《うかが》って見ないと、気の済まない事があるのです。

「お前はほんとに卑しい奴だ。醜悪な人間だ。その無恰好な鼻を見ろ。」

安太郎の前へ出ると、私は必ず腹の底でこう呟きました。今まであれ程仲の好かった間柄でも一旦鼻の事を想い出すと、ただ訳《わけ》もなく彼が憎らしくて溜らないようになりました。

しかし、彼の方では、私の心にそんな変化が起った事を気が付くはずがありません。やはり以前の通りに親しみ深く、他意のない調子で話しかけるのです。考えてみると、私はその頃から年に似合わぬ陰険な狡猾《こうかつ》な少年でした。私は胸に悪意を抱きながら、早速それを外面に現わすような単純な子供ではありませんでした。かえってどこまでも馴れ馴れしく、どこまでも優しげに接近してみせました。彼に対する私の行為が深切になればなる程、快活になればなる程、反対に胸の中の憎悪《ぞうお》は、ますます強く盛んになりました。しかもその煮えかえるような反感を心の底に深く畳みながら、何喰わぬ顔で無邪気に振る舞ってみせるのが私には痛快で溜らなかったのです。

「あいつはおれに欺されている。馬鹿な奴だ。おれより年が上の癖によっぽど智慧《ちえ》の足りない奴だ。」

と、私は密かに侮辱の言葉を吐いて、何ともいえぬ喜ばしさを覚えました。どうかすると昔のお家騒動に出て来る奸佞《かんねい》邪智な寵臣《ちょうしん》――たとえば大槻伝蔵だとか、小栗美作《みまさか》だとかいう人々の境遇を自分にあて嵌めてみたりしました。私は一層《いっそ》安太郎が自分の主人で、私がこの家の小僧であったら、尚面白いだろうとさえ考えました。そうすれば私は思うさまおべッかを使って、彼を散々馬鹿にする事が出来るのです。

何とかして、自分の悪意を相手に知らせずに彼を陥れる方法はなかろうか？　ただ腹の中で侮辱するだけでは、私は次第に満足する事が出来なくなりました。誰かを唆《そその》かして、またこの間のようにあいつを滅茶苦茶に擲らせてみたい。自分は蔭の人となって、糸を操つりつつ、彼の泣き叫ぶ表情を眺めてやりたい。なるべく惨酷な苦痛を与えてやりたい。たとえ不具者《かたわ》になろうと、死んでしまおうとどんな結果になろうと構わないから、あいつの醜悪な鼻柱を血の出る程叩きつけてやりたい。

――私は始終そんな事を企んで、しきりに適当な計略と機会を狙っていました。頭の中には常に安太郎の悲鳴の声や、歪んだ顔つきや、悶え廻る手足の恰好が甘い誘惑物のように一種不思議な牽引力を以て映っていました。

その当時、私はどうしてこんなに安太郎が憎くなったのか、自分でもよく分りませんでした。今まであれ程睦じかったのが、急に反感を持ち始めて、聞くも恐ろしい害意を抱くようになったのには何かしら原因があるはずです。けれども子供の私は一切夢中で、深くもその理由を反省する余裕がありませんでした。ただその時の自分の気持ちだけは、未だにハッキリ覚えています。私の安太郎に対する悪感は、ほとんど不可抗的の心理作用で、普通の「毛嫌い」とか「忌憚《きたん》」とかいうものよりもっと深い、もっと根本的な気持ちでした。ですから、「憎悪」という浅薄な言葉を以て、その感情を形容するのはあるいは不適当かもしれません。例えてみると我れ我れが食事の最中にある汚穢《おわい》な事物を想像する時、何ともいえない、嘔吐を催すような不愉快を覚える事があるでしょう？――丁度あの気持ちに似ているのです。安太郎の顔を眺めていると、あの通りな気分に襲われて、口の中に生唾液《なまつばき》が溜って来るのです。

いかなる点からいっても、私は安太郎を憎むべき道理を発見しないのです。彼は悪人になった訳でもありません。私に無礼を働いた事もありません。彼と善兵衛の喧嘩についても、むしろ善兵衛の方に後ろ暗い事があればこそ、あんなに怒ったのだろうと思われます。本来ならば、私は善兵衛を憎んで彼に同情を寄せるのが自然であったかもしれません。畢竟《ひっきょう》、私が彼を憎み始めたのは今までの「私」以外の、ある微妙な要素が私の心に生れ出た結果であろうと推測されます。語を換えていえば、一種のフリュウリングス・エルワッヘン*が変則な形式で私の体に到来したのです。

　前にも述べた通り、私は安太郎が善兵衛に擲られる光景《ありさま》を目撃した時、彼の手足や顔面の筋肉のもくもくと運動する様子に惹き付けられて、音楽を聞くような気分に誘《いざな》われました。私は安太郎という人格の存在を忘れて、彼の肉体の部分部分に刹那的の興味を覚えました。

「自分も善兵衛のように、彼奴《きやつ》の太股を踏んづけてやりたい。彼奴の頬ッぺたを抓ってやりたい。」

　そんな風に考えました。そうしてこれが私の安太郎を憎み始めるキッカケになったのです。

私は彼の鼻の恰好を嫌いました。丁度癇癖《かんぺき》の強い人が、嫌いな食物《たべもの》を出されると胸がムカムカするように、私は彼の容貌を熟視するに堪えませんでした。すべて、私の彼に対する感情は、彼の肉体から受ける官能的の刺戟《しげき》によって支配されてしまったのです。私は着物や食物に対すると同じように安太郎を取り扱かってしまったのです。

醜く、色黒く、しかも豊かに肥えている彼の体質――それを見て擲りたくなったり抓りたくなったり、そういういろいろな想像に耽るのは、恐らく私ばかりではなかろうと思います。誰でもこれに類した経験を持っている事と信じます。多くの読者は、私達の少年時代に蠟《ろう》しんこという玩具《おもちゃ》のあった事を御存じでしょう？　あの玩具が子供に喜ばれて、一時非常に流行したのはどういう訳でしょう？　蠟しんこを以て、さまざまな形のしんこ細工を拵《こしら》える事も、勿論愉快であったには相違ありません。しかし、それよりも、われわれ少年の好奇心を動かしたのは、あのグニャグニャした、柔かい、粘ッこい物質自身にあるのです。あの物質を自由勝手に伸ばしたり圧しつけたり摘まんだりする手触りが、子供には無意識に面白かったのです。あの物質を見ると、誰でも掌《てのひら》で丸めていたずらをしたくなるのです。

こういう例はまだ外にも沢山あります。たとえば食物《たべもの》の中で格別何の味もない蒟《こん》蒻《にゃく》や心太《ところてん》などを人間が好むのはどういう訳でしょうか、やっぱりあのブルブルした物質を箸でちぎったり、舌で触ったりするのが余計面白いからでしょう。――多くの人はみんな無意識にこの本能に駆られているのです。よく世間には、頼まれもしないのに他人の頭の白髪《しらが》を抜いてやったり、腫物《できもの》の膿《うみ》を搾ってやったり、そんな事の大好きな女があります。あれなども、一般の人間が少しずつ持っている共通な性癖だろうと思われます。

私が安太郎の肉体の虐《しいた》げられるのに興味を覚えたのは、つまり蠟しんこや蒟蒻玉を喜ぶのと同じ気持ちなのです。蒟蒻だの心太がブルブルと動揺する様は、傍で見ているだけでも変に面白いものです。私は全くそのような好奇心から、もう一遍安太郎ののたうち廻る光景《ありさま》を眺めたくなったのでした。

私はとうとう巧妙な計略を案出しました。ある日、安太郎が使いに遣られた隙を窺って、そッと彼の天神机の抽出しから「佐藤安太郎」と鞘《さや》へ名前の彫り付けてある小刀《こがたな》を盗み出しました。そうして、誰にも知れないように二階の男部屋へ忍んで行きましたが、好い塩梅《あんばい》に店の忙がしい最中なので、そこには奉公人が一人も居ませんでした。私は大急ぎで善兵衛の荷物を入れた行李の蓋《ふた》を開けると、中に畳んである余所行きの衣類を滅茶苦茶に覆した揚句、例の小刀でところどころを引裂きました。それからわざと鞘の方だけを行李の底に残して再びもとのように蓋をしたまま、何喰わぬ顔で二階を下りてしまったのです。小刀の身の方も、こっそりと戸外《おもて》の溝《どぶ》へ捨てました。

二三日は何事もなく過ぎました。

「この次ぎの日曜までには、きっと騒ぎが持ち上るだろう。——近いうちにお前はひどい目に遇わされるのだ。お前は自分で自分の運命を知らないのだ。」

そう思って、私は胸を時めかせながら、表面はますます安太郎を可愛がってみせたのです。

すると案の定、日曜日の朝になって、私の謀計は首尾よく効を奏しました。善兵衛は外の奉公人が残らず出払った折りを待ち受け、私と仲よく遊んでいた安太郎を捕えて、例の小刀の鞘を証拠に酷《きび》しく糾問《きゅうもん》し始めました。

「証拠がありながら知らねえという奴があるか。貴様のような奴は行く末どんな者になるか判りゃしねえ。ほんとにまあ呆れ返った野郎だ。——え、おい！　どうしても白状しない積りなんだな。」

「いくら聞いたって、覚えのない事は白状出来ないよ。考えてみても解るじゃないか。おれがしたのなら、わざわざ名前の書いてある物を行李の中へ残しておく馬鹿があるもんか。」

こうはいったものの、安太郎は相手の見幕に恐れて、もう顔の色は真青でした。

「貴様でなくって誰がするもんか。よしよし、白状しなければ交番へ連れて行って、巡査に引き渡すからおれと一緒に来い！」

善兵衛の怒《おこ》り方は大人が子供に対するようではありませんでした。心《しん》から腹が立って、いまいましくて溜らないように、血走った眼を見据えながら、グイグイと安太郎を土間の方へ引き摺って行きます。その様子では、ほんとうに交番へ引き渡す気なのかもしれません。

安太郎は襟首を摑まれたまま、柱にしがみ着いたり、下駄箱にかじり着いたり、一生懸命に蹈ん張ってみましたが、大人の腕力には抗わないで、ずるずると曳き摺られてしまいます。もう二人共一言《ひとこと》も口をききませんでした。お互いに物凄い程黙って、渾身《こんしん》の力を籠めつつ、引っ張りッこをしているのです。

向うやがてどたんという地響きがしたかと思うと、安太郎は何に躓《つまず》いたのか土間へ仰向けに倒れました。同時に彼はけたたましい声を立てて号泣しながら善兵衛の向う脛へいやという程喰い付いたのです。

「畜生！　畜生！」

と連呼しつつ善兵衛は続けざまに彼を足蹴にして、顔といわず手足といわず、踏むやら擲るやら、非常な騒動が始まりました。

私は静かにその光景《ありさま》を傍観しました。着物の襟は拡がり、裾は捲くれて、大部分が露《あら》わになった安太郎の体は、この前よりも、一層激しい苦痛に堪えかね虚空《こくう》を打って暴れ廻りました。例の醜い小鼻の筋肉の収縮する工合は、殊に遺憾なく発揮されました。

それから間もなく、私が悪魔の本性《ほんしょう》を現わして、そろそろ正面から安太郎を憎み始め、自ら手を下して彼をいじめるようになったのは、むしろ当然の径路《けいろ》でありましょう。遂には誰に限らず奉公人を苦しめるのが、私の癖になってしまいました。

「お前が乱暴だから、内の女中は居附かなくって仕様がない。」

母はよくこんな事をいいました。いつも新参《しんざん》の女中が見えると当分その女が馬鹿に気に入って、今まで可愛がっていた古参の女中を憎み出す。――こういう順序に私の感情は始終移って行きました。

私には気に入った女中と同様に、憎らしい女中の存在が必要でした。

その後私は小学校を卒業し、中学校を卒業し、高等学校を卒業して、大学へはいりました。しかし、今日でも人を憎む時には、全くあの頃と同じ気持ちに支配されている事を白状します。ただそれを行為に現わさない、そうして現わす事が出来ないだけの相違です。

「恋愛」と同じく「憎悪」の感情は、道徳上や利害上の原因よりも、もっと深い所から湧いて来るのだと思います。私は性慾の発動を覚えるまで、ほんとうに人を憎むという事を知りませんでした。

＊編集部注　Frühlings Erwachen　ドイツ語で、春の目覚め、の意

富美子の足

「雄弁」大正八（一九一九）年六月号―七月号

先生

先生に一面識もない青書生《あおしょせい》の僕が、突然こういう手紙を差し上げる失礼を御免し下さい。そうしてどうか、これから僕が先生にお話しようとするこの長々しい物語を、しまいまで御読み下さるように、――御多忙の中を甚だ恐縮に存じますが、――前以《まえもっ》て切にお願いいたしておきます。

しかし、こんな事を申すのは聊《いささ》か手前勝手のようにも思われますけれど、僕がお話するこの物語は、先生にとってもそれほど興味のない事実ではなかろうと、僕は私《ひそ》かに考えているのです。もし多少なりとも何等かの価値があるとお思いになったら、これを何かの際に先生の作物の材料となすっても、僕は毛頭異存がある者ではありません。いや、それどころかむしろ大いに光栄としなければなりません。正直を申しますと、僕は他日、是非先生にこれを小説にして頂く事を望んでいるので、内々そういう野心もあってこの手紙を差上げる次第なのです。先生でなければ、僕が常に崇拝している先生でなければ、この物語の中に出て来る主人公の気の毒な不思議な心理を、理解して下さる方はありそうにもない。この主人公の身の上に同情を寄せて下さる人は、先生を措いてほかにはない。――そう考えたのが、僕のこの手紙を書く最初の動機ではありましたが、そうしてただこの話を聞いてさえ頂ければ、勿論それだけでも僕は十分満足に感じるはずですが、どうかなるべくならば材料に使って頂くことをお願いいたします。あまり虫の好い事をいって、あるいは御立腹になるかもしれませんけれど、そうして頂ければこの物語の主人公もきっと喜ぶに違いないと思います。とにもかくにも、この物語にあるような事実は、先生の如く想像力の豊富な、これまでにいろいろの経験をお積みになったであろうと推量される方にとっても、決して一読の価値がない物だとは信じられません。僕の如き文才のない男が書いたのでは格別の事はありませんけれども、どうか事実その物に興味を持って、しまいまでお読み下さる事を重ねてお願いいたしておきます。

この物語の主人公というのは既にこの間死んでしまった人間です。その男の姓は塚越《つかこし》といって、江戸時代から日本橋の村松町で質屋を渡世《とせい》にしていたのですが、僕の話をする塚越はちょうど先祖から十代目にあたる人だそうです。死んだのは今から二た月ばかり前、今年の二月十八日のことで、歳は六十三でした。何でも四十前後から糖尿病に罹って、相撲取りのようにでぶでぶに太っていましたのに、それがちょうど五六年前から肺結核を併発して、年一年と痩せ衰えて、死ぬ一二年前からは糸のようになり、久しく鎌倉の七里ヶ浜の別荘の方へ行っているうちに、糖尿よりも肺の方がだんだん悪くなって来てとうとう死んでしまったのです。鎌倉の方へ引き移る時に、自分は隠居をして店を養子の角次郎という人に譲ってしまったので、家族の人々からは「隠居隠居」と呼ばれていましたから、僕もこの話の中では彼を「隠居」と呼ぶことにいたします。この隠居と東京の家族とは非常に仲が悪く、病人がいよいよ息を引き取る時などにも、臨終に駈けつけたのは隠居の一人娘で角次郎の夫人である初子《はつこ》という人だけでした。塚越家は江戸の旧家の事でもあり、東京の市内だけにも立派な親類が五六軒はあったはずであるにもかかわらず、そういう親類の人たちも隠居の病中はめったに見舞いに来た様子もなく、葬式なぞも極めて質素に、淋しく執行されてしまいました。そんな訳で、隠居の病気の様子や、死ぬ前後の光景などを精しく知っている者は、その頃親しく彼の枕元に附き添っていた小間使いのお定と、妾《めかけ》の富美子《ふみこ》と、それから僕と、この三人きりなのでした。ここでちょいと断っておかなければならないのは、僕とこの隠居との関係――ならびに僕自身の境遇です。僕は山形県飽海郡《あくみごおり》の生れの者で、今年二十五歳になる美術学校の学生です。僕の家とこの塚越家とは極めて遠い遠い親類に当っていましたので、僕が始めて東京へ出て来た時、ほかに頼って行く所がなかったものですから、上野の停車場へ着くとそのまま、親父の手紙を懐《ふところ》にして村松町の質屋の店を尋ねて行きました。その頃は隠居がまだ当主の時代であって、僕は何くれとなくこの人の世話になった訳でした。

こういう縁故から、僕はその後も年に二三度ぐらいは村松町へ顔出しをしたものですが、隠居と僕との交際が義理一遍の附き合い以上に密接になったのは、つい近頃のこと、――この一年か半年以来のことなのです。で、この物語の主人公は隠居であるとはいうようなものの、そのほかに女主人公たる妾の富美子と、それからかくいう僕自身も、幾分かは話の中に纏綿《てんめん》しているものと思って頂きとうございます。決して僕は純然たる傍観者の地位にあるのではなく、見ようによってはかなり重要な役目を働いているのかもしれません。且また、僕が隠居の心理として説明する所のものは、同時に僕自身の心理解剖であるかもしれません。

僕とこの隠居とが、どういう訳で親しい間柄になったか？　というよりは、どういう訳で僕があの隠居に接近し始めたのか？――話はまずこの問題からはいらなければなりません。山形県の片田舎に育った青年の僕と、旧幕時代の江戸の下町に生れた老人の隠居とは、趣味からいっても知識からいっても人間全体の肌合からいっても、全然共通の点はなかったのです。僕はポッと出の田舎書生で、西洋の文学とか美術とかいうものに憧憬し、将来洋画家になる事を目的として生きている若者です。隠居の方はまた、江戸児のうちでも殊《こと》にチャキチャキの江戸児で、徳川時代の古い習慣や伝統を尚《たつと》び、僕にいわせればいくらか気障《きざ》なところがあって悪く通人振《つうじんぶ》ったりする下町趣味の老人でした。それ故隠居と僕とは、誰に見せてもまるきり畑の違った人間で、てんで話が合うはずはありませんでした。そういう二人が互いに親しくなったのは、僕の方から進んで隠居に近づいて行った結果なのです。隠居の方からいえば、親類や身内の者たちが皆自分を忌み嫌い疎んじていた場合に、たとえ遠縁の者にもせよ、「御隠居さん、御隠居さん」といって僕がたびたび訪ねて行ったのは、満更嬉しくない事もなかったのでしょう。殊に死ぬ時分などは、妾の富美子は別として、僕が毎日のように病室へ顔を見せないと隠居は承知しませんでした。が、最初に僕の方から近づいて行かなかったなら、決してこうまで親密になるはずはなかったのです。事情を知らない人たちは、僕が親類や家族から見放されている隠居の境遇に同情を寄せて、それであんな風に再々訪ねて行ったのだろうと、非常に善意に解釈しているようですが、そういわれると僕は甚だ赤面しなければなりません。僕が隠居に近づいたのは、全くそんな殊勝な動機からではありませんでした。正直に白状してしまえば、僕が隠居に会いに行ったのは、隠居よりも実は妾の富美子に会いたかったのです。勿論会ってどうしようという深い野心があった訳ではなく、またそんな野心を起したところで、自分のような田舎書生の及びも付かぬ望みである事は分っていましたが、それにもかかわらず富美子の姿が始終目の先にチラついて、十日も顔を見ずにいるととてもジッとしてはいられないほど恋いしかったのです。そのために僕はいろいろと口実を拵《こしら》えては、用もないのに隠居の家へ出かけて行きました。

隠居が一族の者から排斥されるようになったのも、柳橋に芸者をしていた富美子を引かせて、自分の家へ引き摺り込んで以来の事なのです。それはたしか一昨年の十二月頃で、隠居の年が六十、富美子はやっと一本になったばかりの、十六の歳の暮れだったそうです。もっともその以前から、大分隠居の放蕩が問題になっていたようですが、若い時分から道楽で通り者の人でもあったし、もう六十にもなるのだからその内には止むだろうぐらいに思って、それまでは余り親類の間でもやかましくいわなかったのでしょう。僕が聞いたところでは、隠居は二十の歳に始めて結婚して、その後三度も細君を取り換えて、三十五の歳に三度目の妻を離縁してから、ずっと独身で暮らしていたのだそうです。（一人娘の初子は、最初の細君との間に出来た子供だという話です。）こんなにたびたび細君を離縁したについては、単に道楽者という以外に、人に知れないある秘密な原因が、隠居の性癖のうちに潜んでいたのですけれど、それはつい近頃になるまで誰も心付かなかったものと見えます。細君ばかりでなく、芸者買いをするにしても隠居は非常に移り気で、一人の女を可愛がるかと思うと、一と月も経たぬうちにすぐ飽きてしまって別の女に夢中になるという風でした。それにまた、それ程の道楽者に似合わず、彼には一遍もほんとうの意味での恋仲——相惚《あいぼ》れの女という者が出来た例《ためし》はなかったのです。これまでに、隠居の方からのぼせ上って恋い憧れた女は沢山ありましたけれども、女の方ではただ金のために身を任せるだけの事で、一人として心《しん》から隠居の愛情に報いた者はいませんでした。江戸っ児のぱりぱりで、我も人も許している通人で、男振《おとこつぶ》りもまず普通の方なのですから、長い間には一人ぐらい深い仲の女が出来てもいいはずなのですが、妙に女に嫌われたり欺されたりばかりしていました。もっとも、今もいった通りの移り気な人ですから、一時はどんなに夢中になっても、女の方で深間《ふかま》にはいるだけの余裕がなかったのかもしれません。

「あの人のようにああ箒木《ほうき》じゃあいつまで経っても道楽は止みッこない。女を拵えるなら拵えるでいいから、一層《いっそ》一人に極めてしまって妾でも持ったら、かえって身が堅まるだろうに。」

と、親類の誰彼がよくそういったくらいでした。

ところが最後の富美子だけは特別で、隠居が彼女を知ったのは、一昨年の夏頃が始まりだそうですが、彼女に対する熱度はその後一向冷却する様子がなく、月を重ねるままに段々と惚れ方が激しくなって行くばかりでした。そうして、その年の十一月に彼女が半玉《はんぎょく》から一本になった時には、自分が一切引き受けて支度をしてやり、自前《じまえ》になるだけの金までも出してやりましたが、やがてそれだけでは我慢し切れなくなって、とうとう彼女を妾ともつかず女房ともつかず村松町の家へ引擦り込むことになったのです。しかし、隠居がこれ程の熱心にもかかわらず、例によって女の方では決して隠居を好いていたのではなかったのです。何しろ年が四十以上も違うのですから、馬鹿か気狂いでない限りはそれは無論当り前の話で、富美子が大人しくいう事を聞いて引かされたのは、隠居の老先の短かいのを見越して財産を目あてに乗り込んだのに違いありません。

僕が始めて、村松町の家に不思議な女がいるという事を発見したのは、ちょうど去年の正月、年始かたがた隠居の御機嫌を伺いに行った折でした。質屋の店の裏側にある住居の方の格子戸から案内を乞うて、いつものように奥まった離れ座敷の隠居の部屋に通されると、

「やあ、宇之《うの》さん、(僕の名前は宇之吉といいました。それを隠居はいつの頃からか略して宇之さん宇之さんと呼んでいました。宇之さんといわれると何だか職人じみていて僕は嫌でした。)よくお出でなすった。さあ、まあおはいり。さあ、まあずっとこっちへ。」

大方今しがたまで酒を飲んでいたのでしょう、隠居はガッシリとした四角な額を

赤くてらてらと光らせながら、家の中にいるのに毛糸の暖かそうな襟巻《えりまき》をして炬燵《こたつ》にもぐり込んで、江戸児に特有なべらべらした巻舌の、落語家《はなしか》の口吻を思わせるような滑らかな声でこういうのでした。その時僕が気が附いたのは、隠居の向うに、炬燵を中に置いて差し向いに据わっている一人の見馴れない意気な女でした。僕が座敷へはいって行くと、女は片肘《かたひじ》を炬燵櫓にかけて、ずらりと膝頭《ひざがしら》を少し崩して、僕の方へ首と胴とを捻《ね》じ向けました。「首」と「胴」とを捻じ向けたというのは、その時この二つの物がいかにも別々に、一つ一つの美しさを以て僕の眼に印象されたからです。一と口に「体」を捻じ向けたといったのでは、どうしてもその時の僕の印象をいい現わすことが出来ないからです。つまり、そのしなやかな、すっきりした首と、細い柔かい痩せぎすな胴とが、一つの波から次ぎの波へゆらゆらと波紋が伝わって行くように動いたのです。そうしてちゃんとこっちを向いてしまった後までも、まだその波紋が、体のある部分に、たとえばその長い項《うなじ》から抜き衣紋にした肩のあたりに、しばらくはゆらゆらと揺れて残っているような感じでした。そう思われた程その女の姿はなよなよとなまめかしく優しく思われたのでした。それ一つの原因は、恐らくその姿を包んでいる衣裳のせいであったかもしれません。彼女は近頃の派手な流行からみるとむしろ時代おくれといってもいいくらいな、地味な唐桟柄《とうざんがら》の襟附のお召を着て、しかも裾を長く曳いていたのです。隠居は別にまごついた様子もなく、僕とその女の顔を等分に見廻しながら、

「これは宇之吉さんといってな。内の遠い親戚になっている美術学校の書生さんだ。国のお父様《とッつあん》から頼まれたんで及ばずながら私《わし》がいろいろ面倒を見ている……。」

といって、細い眼つきをしてどっちつかずににやにやと笑いました。これで隠居は僕を女に紹介した訳なのでしょうが、女が何者であるかは一言も僕に紹介してはくれませんでした。

「私《わたくし》は富美と申します。どうぞお心安く。」

と、女は微かに羞《はに》かんだような風をして、口の内でこういいながら頭を下げたので、僕も釣り込まれてお辞儀をしてしまいましたが、何だか狐につままれたような気がしないでもありませんでした。

「ははあ、きっとこの女は妾なんだろう。」

てっきり僕はそう思って隠居の顔を覗き込むと、胡坐《あぐら》を掻いた赤鼻《あかっぱな》の両側に太い皺を刻んで、「蝦蟇口《がまぐち》」という異名のあった大きな口元に、相変らずにやにやと

気味の悪い笑いを湛《たた》えているばかりです。しかし、その笑いの底には、

「お察しの通りこれは私の妾でな、今度内へ入れることにしたんだから。」

というような肯定が含まれていることと推量されました。のみならず、隠居はこの女を余程可愛がっているに違いないと、すぐに僕はそう気が付きました。なぜかというのに、女は決して素晴らしい美人というのではありませんでしたけれども、いかにも隠居の好きそうな、いなせな、下町趣味の註文に欲まった、気持ちのいい背恰好と顔立ちとを持っていたからです。そう思うと、隠居のにたにた笑いの裡には、

「どうだね、私は好い女を掘り出して来ただろう。」

という得意の色が潜んでいるようにも感ぜられました。妾にしては着物の裾を引き擦っている事と、エナメルのように艶のある濃い黒髪を潰し島田に結っているのが少し変で、芸者がお座敷へ出ているような拵えですが、これは多分唐桟柄の襟附きのお召しと共に、隠居の趣味によってわざとこんな風をさせたものなのでしょう。(隠居の江戸趣味はそれ程酔興なものだったのです。そうして僕のこの推察のあたっていたことは、後に至って分りました。)僕自身の趣味はどっちかというとエキ

ゾティックな女の方を好くのですが、この女のように江戸趣味としてやや完全なタイプを備えているのを見れば、やっぱり悪い気はしませんでした。勿論完全という意味はその目鼻立ちに欠点がないというのではなく、むしろ多くの欠点がかえって一種の情調を持っていて、いなせな女、意気な女としての効果を強くしているのです。この女がこれだけの美しさを発揮するためには、是非とも必要な欠点があって、しかもそれ以外の無駄な欠点がないという意味なのです。顔の輪廓は卵なりに頤の方が尖《とが》っていて、頬は心持ち殺《そ》げ過ぎていましたけれど、さりとてコチコチした堅い感じではなく、物をいうたびごとに唇の運動に引張られて肉がふっくりとたるむように波を打つ塩梅《あんばい》なぞは、むしろ柔かい、たっぷりとした感じを起させました。額も大分詰まっている方で、生え際も富士額といい得る程に揃ってはいないで、富士形の頂上からわずか下の前髪の左右の辺に、両方とも同じように少しく脱け上った箇所があって、それからまたもとの富士形にずうッと眼尻の方へ開いているのでした。が、富士なりの整形を破って、直線がちょいと崩されている部分、真黒な髪の地の間に、白い額の一部分がぼうッと霞んで、青々と湾入しているところ、――それが、面積の狭い額にいい知れぬ変化とゆとりとを与えているばかりでなく、髪の毛の黒さを一層引き立たせていることも事実でした。眉は太く吊り上っている方でしたが、幸い頭の髪と反対に毛の地が薄く赤味を帯びているので、そんなに険しい感じを起させはしませんでした。それから鼻の形にしても、高い、筋の通った、好い鼻つきではあるけれど、これも決して欠点がない事はありません。というのは、先の方の尖った部分に少し肉が附き過ぎていて、眉と眉との間から起ってそこまでなだらかな勾配を保っている鼻梁《びりょう》の直線が、小鼻の附け根の辺《あたり》へ来ると脹脛《ふくらはぎ》の肉のような工合に幾分か膨れて鋭さが鈍っているのです。けれども僕にいわせれば、もしこの容貌で、この鼻が全く彫刻的であったら、きっと全体が冷めたい顔になったに違いありません。団子鼻という程でも困りましょうけれど、鼻の先がいくらか肥えている方が、何だか暖かみがあって好いように思われました。次ぎには口つきの問題ですが、(こう一つ一つ顔の造作《ぞうさく》を取り立てて、僕の拙劣な文章で説明されては、さぞかし先生も御迷惑だろうと存じます。しかし僕は、出来るだけ精しくこの女の顔を説明しないではいられないのです。富美子がどんな器量の女だったか、それを何とかして先生に了解して戴きたいのです。どうぞ御迷惑でも、そのお積りでもう少し辛抱して下さるようにお願いいたします。)卵なりにすぼんでいる頤の中に、釣合よく収まるくらいな可愛らしい小いさな口で、殊に最も可愛らしいのは江戸児の特長ともいうべき受け口の下唇でした。そうです、あの下唇がもし尋常に引込んでいたとしたら、あの顔はもっと端厳にはなっても、あの媚びるような味わいと、狡猾《こうかつ》そうな、利口そうな趣は失せてしまうだろうと思います。利口といえば何よりも利口そうなのはその眼でした。パッチリとした、青貝色に冴えた白眼の中央に、瑠璃のように光っている偉大な黒眼は、いかにも利口そうに深く沈んでいて、ちょうど日光を透き徹している清洌《せいれつ》な水底《みなぞこ》に、すばしこい体をじっと落ち着けて、静かに尾鰭《おひれ》を休めている魚のようでもありました。そうして、魚の体を庇うている藻のように、その瞳の上を蔽《おお》うている睫毛《まつげ》の長さは、眼を瞑ると頬の半ばの所にまでその毛の先が懸るほどでした。僕は今まであんなに立派な、あんなに見事な睫毛を見たことはありません。あんなに睫毛が長くては、かえって瞳の邪魔になりはしないかと思われるくらいでした。眼を睜いていると、睫毛と黒眼との繋がりがハッキリ分らないで、黒眼が眼瞼の外へはみ出しているようにさえ見えました。殊にその睫毛と瞳とを際立たせているのは、顔全体の皮膚の色でした。この頃の若い女としては、（殊に芸者上りの女としては、）極めてあっさりとした薄化粧の地肌が、そんなにケバケバしくなく、曇硝子のような鈍味《にぶみ》を含んで、血の気のない、夢のようなほの白さを拡げている中に、その黒眼だけがくっきりと、紙の上に這っている一匹の甲虫のように生きているのです。実際僕はこの女の美を誇張していうのではありません。僕の感じをただ正直に表白しているだけなのです。

いつもなら年始の挨拶もそこそこに引き下るはずなのですが、僕は何だか拾い物をしたような気がして、その日の朝から午後の二三時頃まで、昼飯の馳走になりながら隠居のお相手を勤めました。その女のお酌で隠居も酔いましたが僕も大分酔ったように覚えています。

「宇之さんや、失礼ながら私《わし》はまだお前さんの画《か》いた絵というものを見たことはないんだが、西洋画を習っていなさるんだから、油絵の肖像画を画くことなんかはうまかろうね。」

隠居がふいとこんな事をいい出したのは余程酒が循《まわ》った時分でした。

「うまかろうねだなんて、随分ですわね。あなた怒っておやんなさいよ。」

お富美さんは人懐《ひとなつ》っこい声でこういいながら、長い襟足を捩《よじ》るような工合に、あるいはまた例の受け口の唇で物をしゃくい上げるような工合に、ちょいと首を僕の方へ突き出してみせました。

「うまかろうねといったって、何も私は宇之さんを馬鹿にした訳じゃあごわせんよ。私は御承知の通り旧弊な人間で、油絵なんて物はうまいもまずいも分らない方だもんだから……」

「まあおかしいこと、分らないなら猶更《なおさら》あなた、そんないい方をするッてえ法はありゃしないわ。」

こんな風なませた口ぶりで隠居の言葉を冷やかしたりたしなめたりしているお富美さんは、その時やっと十七の春だったのです。たしなめられるたびごとに隠居は一々弁解しながら、眼元口元に何ともいえない嬉しそうな微笑を浮べます。その嬉しそうな表情が余りムキ出しなので、かえって僕の方が羞かしいくらいでした。時にはまた、

「あはははは、そいつぁ一本参ったね。」

といって、頭を掻いてわざと仰山に恐縮してみせたりします。その様子が、すっかりお富美さんの手の中に丸め込まれて、好人物になり切ってしまって、からもう大きな赤ん坊のようにたわいがないのです。ここにいる三人のうち、隠居の年が六

十一、僕の年が十九、お富美さんは今もいうように十七で一番若いのですが、物のいいようから判断すると、ちょうど順序がその逆であるかのように思われました。お富美さんの前へ出ると、隠居も僕も等しく子供扱いにされてしまうような気がするのです。

隠居が突然油絵の話などを持ち出したのは変だと思っていると、結局僕にお富美さんの肖像画を画いて貰いたいのでした。

「うまいまずいは分らないが、油絵の方が何となく日本画よりは本当らしく見えるからね。」

隠居はこういって、出来るだけ彼女の姿を生き写しにしてくれろという頼みなのです。僕には果して老人の註文通り満足な絵が出来るかどうか、そこは甚だ覚束なく感ぜられましたが、これを縁故にお富美さんと懇意になりたいという野心が先に立って、一も二もなく引き受けてしまいました。で、これから当分、一週間に二回ぐらいずつ隠居の家を訪れてお富美さんをモデルに製作をする事になったのです。

東京の下町の、こういう古い商人家《あきんどや》の造りはどこも大概同じように、間口が狭い割り合いに奥行きが広く、しかも奥へ行くほど光線の工合が悪くて、昼間は穴倉のように暗いものですが、塚越の家もやはりその通りで、隠居の部屋になっている離れ座敷などは、少しお天気が悪いと午後の三時頃から新聞の字も読めないほど暗くなってしまうのです。おまけに正月の日の短い最中でしたから、学校の帰りに僕が廻って行く時分には、表はまだ明るいのに隠居の室内はもう日が暮れかかっているのでした。そういう部屋の中で油絵を画《か》こうというのですから、随分無理な仕事でした。頼りにする光線といっては、わずかに部屋の前にある五坪ばかりの中庭から、力の弱い冬の日ざしが、太陽から置き去りにされたように淋しく薄白く、ぼんやりと反射しているだけなのです。暗い中にじっと据わっているお富美さんの瓜実顔《うりざねがお》と、ぎゅっと肩がもげるくらいに、思い切って抜き衣紋にした襟足とが、そのほんのりした反射を受けて生白《なまじろ》く匂っている光景は、――何といったらいいでしょうか、とにかく悩ましいほど僕の神経を掻き乱しました。絵を画く事なんかは止めにして、その白い柔かい肉の線をいつまでも眺めていたいような気がしました。

いよいよ仕事にかかるという段取りになった時、隠居は気を利かして六十燭《しょく》の青い電球と、その上に瓦斯燈《ガスとう》まで点《とも》して、眼がチカチカと痛くなるほど室内を明るくしてくれました。光線の方はそれでどうやら、――いやむしろ十分過ぎるくらいに補給の道が附きましたけれど、さてその次ぎにモデルのポオズを定めるについて、厄介な問題が持ち上ったのです。隠居の最初の註文が肖像画という話でしたから、僕はその積りで半身像か何かを画けばいいのだと極めていたところ、

「どうだろう、宇之さんや。ただこう据わった形を画いたって面白くもないから、一つこんな工合に、この絵の中にあるような形をさせて、こういう風にした所を画いてお貰い申す訳にゃあ行きますまいか。」

こういって隠居は、地袋《じぶくろ》の底から古ぼけた一冊の草双紙を出して来て、その中に刷ってある挿絵の一つを明けて見せました。それは種彦の田舎源氏で、絵はたしか国貞《くにさだ》であったと覚えています。図は一人の若い女、――ちょうどお富美さんのような国貞式の美貌を持った若い女が、遠い田舎路を跣足《はだし》で歩いて来て、今しもとある古寺のような空家へ辿り着いたところが画いてあるのでした。女はその空家へ上り込もうとして、縁側に腰をかけながら、泥で汚れた右の素足を手拭で拭いているのです。上半身をぐっと左の方へ傾《かし》げ、ほとんど倒れかかりそうに斜めになった胴体をか細い一本の腕にささえて、縁側から垂れた左の足の爪先で微かに地面を踏みながら、右の脚をくの字に折り曲げつつ右の手でその足の裏を拭いている姿勢、――

その姿勢は、昔の優れた浮世絵師が、女の滑かな肢体の変化にどれほど鋭敏な観察を遂げ、どれ程深甚な興味を抱いていたかという事を証明するに足るだけの、驚くべき巧妙さを以て描かれているのでした。僕が最も感心したのは、女がその柔軟な、なよなよとした手足を多種多様に捻じ曲げているにもかかわらず、ただ徒《いたず》らに捻じ曲げているのみではなくて極めてデリケエトな力の釣合が、全身に細やかに行き渡っている事でした。女は縁側に腰を掛けてはいるけれども、決して安定な姿勢で腰かけているのではありません。今もいったように上半身を左方へ傾け、右の足を外へ折り曲げているのですから、縁に衝いている左の腕をちょいと引張れば、すぐに平衡を失ってすとんと転んでしまいそうな危《あぶな》い恰好をしているのです。で、その危《あやう》さを堪えようとして、きゃしゃな体の筋肉を針線《はりがね》のように緊張させている点に、いい尽せない姿態の美しさが発揚されて、それが全身の至る所に漲っているのでした。例えば落ちかかって来る肩を支えている左の腕の先は、掌《てのひら》がぴったりと縁側の床板に吸い着いて、五本の指は痙攣《けいれん》を起したように波打っています。それから地面へ垂れている左の脚も、ぶらりと無意味に垂れ下っているのではなく、一杯に力が張られている証拠には、その足の甲が殆んど脛と垂直に伸び、親趾《おやゆび》の突端が鳥の嘴《くちばし》のように尖っているのでも分ります。中でも一番微妙に描かれているのは折れ曲っている右の脚と、その足を拭こうとしている右の手との関係でした。こういう姿勢を取った場合には、必然そうでなければなりませんが、折れ曲っている右の脚は実は右の手で無理に折り曲げられているので、もしその手を放したら、脚はぴんと地面の方へ弾ね返ってしまうのです。従って、手はその足を拭いているばかりでなく、同時にそれを逃がさないようにと引張り上げていなければなりません。僕はここにも浮世絵師の巧緻《こうち》な注意と有り余る才能とを認めない訳には行きませんでした。なぜかというのに、手がその足を引張り上げるのに、踝《くるぶし》を握るとか甲を摑むとかすれば比較的簡単であるものを、わざとそうは画かないで、足の薬趾と中趾との股の間に手を挿し入れ、わずかに小趾と薬趾と二本の趾を摘まんだだけで、辛くもその脚全体を持ち上げさせているのです。脚は今にも可愛い小さい手の中から二本の趾を擦り抜けさせようとして、圧し着けられたぜんまいの如く伸びんとする力を撓《たわ》めさせつつ、宙に浮いた膝頭をぶるぶると顫《ふる》わせています。こう申し上げたら、僕の説明しようと努めている図面がどういうものであるか、大概先生にもお分りになったでしょう。美しい姿をした女が、枝垂柳《しだれやなぎ》のようにぐったりと手足を弛《たる》ませて、ぼんやりとたたずんでいる所や寝崩れている所も情趣はありましょうけれど、この絵の如く全身をくねくねと彎曲《わんきょく》させて、鞭のような弾力性を見せている所を、その特有の美しさを傷ける事なしに描き出すのは遥かにむずかしいに違いありません。そこには「柔軟」と共に「強直《ごうちょく》」があり、「緊張」の内に「繊細」があり、「運動」の裏に「優弱」があるのです。たとえば声を振り搾って喉も張り裂けんばかりに囀《さえず》り続けている鶯の、一生懸命な可愛らしさとでもいうべきものが現れているのです。実際、これだけの姿勢にこれだけの美を与えるためには、その女の手足の一本一本の指の先に至る筋肉にまでも、十分な生命が籠っているように描写しなければなりません。この女のこの姿勢は、強いて嬌態を示さんがために工夫を凝らしたり誇張をしたりしたものでないとはいえますまいが、しかし決して不自然な無理な姿勢ではありませんでした。ただこの姿勢でこれだけの嬌態を示すには、それだけしなやかな、それだけなまめかしい、生れながらにすっきりとした肢体を備えた女であることが必要なのです。もし姿の醜い、脚の短い、頸の太いでぶでぶした女がこんな風をしたら、それこそ眼もあてられない態《ざま》になるでしょう。きっとこの絵を画いた国貞は、かつてこういう美女がこういう姿勢をしていた所を、目撃したに違いありません。そうしてその姿勢のなまめかしさに心を惹かされて、それを何かの際に応用すべく用意していたに違いありません。さもなかったら、単に空想の力によってこんなむずかしい姿勢をこうまで完全に描き得るはずはないだろうと思います。

僕が隠居の註文通りに、お富美さんにこのような姿勢をさせて、それを油絵に写し出すことなどは、到底出来ない相談に極まっていました。よしんば僕の拙劣な技術を以って試みたところで、それがどうして国貞の版画のような美しい効果を挙げることが出来ましょう。なんぼ西洋画の事情を知らない隠居にしても、あんまり虫の好い註文だと僕は思いました。隠居の腹の中では、色彩のない木版刷りの絵でさえこんなに生き生きとした美しさが現われているのだから、生きた人間をモデルにしてこの図を油絵に直したらどんなに美しさが増すだろうと、そんな風に考えたのでしょう。版画ならばこそこうまで巧みに画けたのであって、油絵でこれと同じような効果を出すには、余程の才能と天分と熟練とがなければならないという理由を、僕は懇々と説明して飽くまでも辞退したのでした。が、いくらそういっても隠居は容易に聴き入れません。座敷のまん中へ夏の涼み台に使うような竹の縁台を持ち出して、それへお富美さんを腰かけさせて、彼女が足を拭いているところを是非とも画いてくれろというのです。うまいまずいなどはどうせ自分には分らないのだし、多少でもモデルの姿に似てるように出来さえすれば満足するから、ともかくもやってみてくれろ、失礼ながらお礼のお金はいくらでも差し上げる。こういって何度も何度も頭を下げて、実に執拗《しつくど》く頼むのです。

「ま、でもあろうがそういわないでおくんなさい。どうか一つ頼みます。どうか一つ、……」

こういって隠居は、例の「蝦蟇口」の異名を取った大きな口元に気味の悪いにたにた笑いを浮べながら、冗談とも真面目とも附かないような煮え切らない口調で、いつまでも一つ事を繰り返すのです。平生は至極さっぱりとした、物の分った通人ぶりを発揮している隠居に、こういう剛情ッ張りの一面が潜んでいることを、僕はその時始めて知りました。隠居にこういうねちねちした、変に人の足元へ絡み着いて来るような執念深い性質があろうとは、全く意外な発見でした。それにまた、その時の隠居の顔つきが実に不思議でした。物のいいぶりや、態度などは別に不断と変りはない癖に、いつの間にやら眼の表情がすっかり違っているのです。僕に話をしかけながらも、何かじいッとほかの物を視詰めているような、瞳が眼窩の底に吸い着いてしまったような、一種異様に血走った眼つきなのです。それはたしかに、頭の中が急に乱調子になって気違いじみた神経がそこから覗いている事を暗示していました。この眼つきの中には、何かしら尋常でないものが隠れているに違いない。隠居が親類の人たちから忌み嫌われる所以《ゆえん》のものが、あるいはこの眼つきの蔭に醸されているのかもしれない。咄嗟に僕はそう直覚しました。同時に体中がぞっとするようなショックに打たれました。

殊に僕のこの直覚を助けたものは、その時のお富美さんの態度でした。お富美さんは、隠居の眼の色が変ったのに気が付くと、「またか」というような困った顔をして、眉をひそめながら「ちょッ」と舌を鳴らしました。そうしてだだッ児を叱りつけるような調子で、

「何ですねえあなた、宇之さんの方で駄目だというものを、そんな無理をいったって仕様がないじゃありませんか。ほんとにあなたみたいな分らずやはありゃしない！　第一座敷のまん中で縁台へ腰かけたりなんかして、そんな面倒臭い真似をするのは私《あたし》が御免蒙るわ。」

こういって隠居を睨みつけました。すると隠居は、今度はお富美さんに向って三

拝九拝せんばかりに哀願して、煽《おだ》てるやら賺《す》かすやらいろいろに御機嫌を取りながら、何卒《どうぞ》縁台へ腰をかけて足を拭いていてくれろと頼むのです。(勿論そういって頼んでいる間でも、顔はにこにこと笑っていましたが、眼だけはますます物凄く血走っていました。)僕は自分の事は棚へ上げて、お富美さんに同情を寄せずにはいられませんでした。なぜかというのに、国貞の絵はある女の一瞬時に於ける動作を捕えて描いたものですから、そんなポオズをすることはモデルに立つ人の方でもかなり困難な訳で、恐らくその姿勢を三分とは続けていられまいと思ったからです。にもかかわらず、わがままなお富美さんが案外たやすく隠居の願いを聴き入れて、いやいやながら縁台に腰を据えたのは、——それにはきっと何かしら深い理由がある事だろうと、僕は私《ひそ》かに推量しました。もしお富美さんがどこまでも嫌だといって承知しなかったら、隠居の気違いじみた眼の色はいよいよ募って来て、遂にはその気違いが眼ばかりでなく、何等かの言動となって発作を起しはしなかったろうか?——それを恐れたためにお富美さんは我《が》を折ったのではなかろうか? 僕には何となくそういう風に考えられました。

「ほんとに宇之さんにはお気の毒ですけれど、この人は気違いなんだから手が附けられないんですよ。まあ画けても画けないでも構いませんから、当人の気の済むように真似事だけでもしてやって下さいな。」

お富美さんは縁台に腰を卸《おろ》しながらこんな捨《す》て台辞《ぜりふ》をいったので、尚更僕の推測はあたっているように感ぜられました。

「そうですか、じゃともかくもやってみましょう。」

といって、僕もよんどころなく画架《がか》に向いました。無論真面目でそんな決心をしたのではなく、お富美さんの旨を啣《ふく》んで隠居に逆わないようにと思っただけなのです。

やがてお富美さんは、隠居の示す草双紙の絵の中の女を真似て、左の腕を縁台につき、くの字なりに折り曲げた右の足の趾先を右手で摘まみあげて、原画と少しも違わぬような姿勢を取ってみせました。と、そう簡単にいっただけでは、到底その時の僕の驚きをいい現わす事は出来ません。お富美さんは縁台に腰をかけてその姿勢を取るや否や、直ちに国貞の描いた女に化けてしまった、とでもいう方があるいはいくらか真相に近いだろうと思います。僕はさっき、この姿勢でこれだけの嬌態を示すには、生れながらにすっきりとした、なまめかしい肢体を備えた女であることが必要だといいましたが、その言葉は今や期せずしてお富美さんの手足のしなやかさを形容する、最も適切な文句となって来るのです。お富美さんのようないいなせな体つきの人でなかったら、どうしてこうまで易々と、こうまで完全に画面の女になり切る事が出来るでしょう。彼女は芸者をしていた時分に、踊りが得意だったそうですが、なる程そうに違いありません。さもなければ、普通のモデル女などに真似の出来ないむずかしい姿勢を取りながら、こんなに優しくしとやかにしかも楽々と体をこなす事は出来ないはずです。僕はしばらくうっとりと酔ったような心持ちで、絵の中の女とお富美さんとを幾度も幾度も見較べました。――どっちが絵でどっちが人間だか分らなくなるほど見較べました。そうです、眺めれば眺めるほどどっちが絵だか人間だか、たしかにそれは分らなくなってしまうのです。お富美さんの体、――絵の中の女の体、お富美さんの左の腕、――絵の中の女の左の腕、お富美さんの左足の親趾の突端、――絵の中の女の左足の親趾の突端、――そういう風に一つ一つ検《しら》べて行くと、どっちにも同じ部分に同じような力が籠り、同じような緊張さがあるのでした。くどいようですがお富美さんの体つきがいかになまめかしいかという事を、ここでもう一遍いわせて貰います。普通のモデル女でもこの絵の女の姿勢を真似ることは、必ずしも不可能ではないでしょうけれど、その姿勢を真似た上に、細かい筋肉の曲線の一つ一つが持っている美と力とを同じように表現することは、お富美さんでなければとても真似る訳には行きません。僕はむしろお富美さんが絵の女を真似ているのではなく、絵の女がお富美さんを真似ているのだといいたいくらいでした。国貞はお富美さんをモデルにしてこの絵を画いたのだといってもいいくらいでした。

それにしても数ある草双紙の挿絵の内から、隠居が特にこの図を選んで、お富美さんにあてはめたのはどういう訳かしらん？　どうしてこの姿勢がそれほど隠居の気に入ったのだろうか？　隠居の熱望の度が激しかっただけに、僕はふとそんな事を考えさせられました。勿論こういうポオズをすれば、お富美さんの体の妖艶な趣が、平凡な姿勢よりも一層よく発揮されるには違いありませんが、ただそれだけの理由で、隠居があんな気違いじみた眼つきをするほど、夢中になって上《のぼ》せ返ったのだとは思われませんでした。あの隠居の「眼つき」についてある疑いを抱き始めた僕は、このポオズの中に、何か老人の心を惹くものが潜んでいるに違いなかろうと、早くもそんな想像を廻《めぐ》らしました。で、そこに普通のポオズでは現われない女の肉体美の一部が出ているとすれば、それはいうまでもなくはだけかかった着物の裾からこぼれている両脚の運動、――ちょうど脛から爪先に至る部分の曲線にあるのです。僕は一体子供の時分から若い女の整った足の形を見ることに、異様な快感を覚える性質の人間でしたから、実はとうからお富美さんの素足の曲線の見事さに恍惚となっていたのでした。真直ぐな、白木《しらき》を丹念に削り上げたようにすっきりとした脛が、先へ行くほど段々と細まって、踝の所で一旦きゅっと引き締まってから、今度は緩やかな傾斜を作って柔かな足の甲となり、その傾斜の尽きる所に、五本の趾が小趾から順々に少しずつ前へ伸びて、親趾の突端を目がけつつ並んでいる形は、お富美さんの顔だちよりもずっと美しく僕には感ぜられました。お富美さんのような「顔立ち」は、世間に類がないことはありませんけれど、こんな形の整った立派な「足」は今までかつて見たことがありません。甲がいやに平べったかったり、趾と趾との列が開いていて、間が透いて見えたりする足は、醜い器量と同じように不愉快な感じを与えるものです。しかるにお富美さんの足の甲は十分に高く肉を盛り上げ、五本の趾は英語のmという字のようにぴったり喰着き合って、歯列《はならび》の如く整然と列んでいます。しんこを足の形に拵えて、その先を鋏《はさみ》でチョキンチョキンと切

ったらばこんな趾が出来上るだろうかと思われるほど、それ等は行儀よく揃ってい
るのです。そうして、もしその趾の一つ一つをしんこ細工《ざいく》に譬《たと》えるとしたならば、
その各々の端に附いている可愛い爪は何に譬えたらいいでしょうか？　碁石を列べ
たようだといいたいところですが、しかし実際は碁石よりも艶があり、そうしても
っとずっと小さいのです。細工の巧い職人が真珠の貝を薄く細かに切り刻んで、そ
の一片一片《ひとひらひとひら》を念入りに研き上げて、ピンセットか何かでしんこの先へそっと植え附
けたら、あるいはこんな見事な爪が出来上るかもしれません。こういう美しいもの
を見せられるたびごとに、僕はつくづく、造化《ぞうか》の神が箇々の人間を造るに方《あた》って甚
だ不公平であることを感じます。普通の獣や人間の爪は「生えている」のですが、
お富美さんの足の爪は「生えている」のではなく、「鏤《ちりば》められている」のだといわ
なければなりません。そうです、お富美さんの足の趾は生れながらにして一つ一つ
宝石を持っているのです。もしその趾を足の甲から切り放して数珠に繋いだら、き
っと素晴らしい女王の首飾が出来るでしょう。
　その二つの足は、ただ無造作に地面を蹈み、あるいはだらしなく畳の上へ投げ出
されているだけでも、既に一つの、荘厳な建築物に対するような美観を与えます。

しかるにその左の方は、横さまに倒れかかろうとする上半身の影響を受けて、ぐっと力強く下方へ伸ばされ、わずかに地面に届いている親趾の一点に脚全体の重みをかけて、趾の角でぎゅっと土を蹈みしめているのです。そのために足の甲から五本の趾のことごとくが、皮膚を一杯に張り切っていると同時に、またどことなく物に怯えてぞっとしたような表情を見せつつ竦《すく》み上っているのです。(表情という言葉を使うのは可笑しいかもしれませんが、僕は足にも顔と同じく表情があると信じています。多情な女や冷酷な人間は、足の表情を見るとよく分るような気がします。)それはちょうど、何物かに脅やかされて将《まさ》に飛ぼうとしている小鳥が、翼をひしと引き締めて、腹一杯に息を膨らました刹那の感じに似ていました。そうして、その足は甲を弓なりにぴんと衝立てているのですから、裏側の柔かい肉の畳まった有様までが、剰《あま》す所なく看取されました。裏から見ると、ちぢこまっている五本の趾の頭が、貝の柱を並べたように粒を揃えているのでした。もう一本の足の方は、右の手で地上二三尺ばかりの空間に引き上げられているのですから、全く異った表情を示していました。「足が笑っている」といったら、あるいは普通の人には腑に落ちないかもしれません。先生にしても、ちょっと首を捻って変な顔をなさるでしょう。

しかし僕は、「笑っている」というより外にその右足の表情をいい現わすべき言葉を知りません。ではその足はどんな形をしていたかというと、小趾と薬趾と二本の趾を撮《つま》まれて宙に吊るし上げられているために、残りの三本の趾がバラバラになって股を開き、あたかも足の裏を擽《くすぐ》られる時のように、妙なしなを作って捩《よじ》れているのでした。そうです、足の裏が擽ったい時などに、甲と趾とはしばしばこういう表情を見せるのです。擽ったい時の表情だから笑っているといったって少しも差し支えはないでしょう。僕は今も、しなを作っているといいましたが、趾と甲とが互いに反対の方角へ思い切り反り返って、その境目の関節に深い凹《くぼ》みを拵えている形、——足全体が輪飾りの蝦《えび》の如く撓《たわ》められている形、それはたしかに見る人の眼に一種の媚びを呈するものだと、僕は思います。お富美さんのように踊りの素養があって、体中の関節が自由にしなしなと伸び縮みするのでなければ、とてもあんなになまめかしく足が反り返るものではありません。そこには阿娜《あだ》っぽい姿の女が、身を飜して舞っているような嬌態があるのです。それからもう一つ見逃す事の出来ないのは、その円くふっくらとした踵《かかと》でした。大概の女の足は、踝から踵に至る線の間に破綻がありますけれど、お富美さんのはほとんど一点の非の打ちどころもないのでした。僕は幾度か用もないのにお富美さんの後ろへ廻って、前からは十分に翫《がん》賞《しょう》する事の出来ないその踵の曲線を、こっそりと、しかし頭の中に焼き付けられるまでしみじみと貪り視ました。下にどういう骨があって、それにどういう風に肉が纏い附いたら、こんな優しい、円ッこい、つやつやとした踵が結ばれるのでしょう。お富美さんは生れてから十七になるまで、この踵で畳と布団より外には堅い物を蹈んだ事がないのでしょう。僕は一人の男子として生きているよりも、こんな美しい踵となって、お富美さんの足の裏に附く事が出来れば、その方がどんなに幸福だかしれないとさえ思いました。それでなければ、お富美さんの踵に蹈まれる畳になりたいとも思いました。僕の生命《いのち》とお富美さんの踵と、この世の中でどっちが貴いかといえば、僕は言下に後者の方が貴いと答えます。お富美さんの踵のためなら、僕は喜んで死んでみせます。

お富美さんの左の足と右の足、——こんなに似通った、こんなにも器量の揃った姉と妹とがまたと二人あるでしょうか？　そうして二人は、お互いに思い思いの姿をして、その美を競い合っているではありませんか。——僕はその美を高調するのに余り多くの文字を費しましたが、最後に尚一と言附け加えさせて貰いたいのです。

それは今いった美しい姉妹、彼女の二つの足を蔽うている肌の色です。どんなに形が整っていても、皮膚の色つやが悪かったらとてもこうまで美しいはずはありません。思うにお富美さんは、自分でも足の綺麗な事を誇りとしていて、お湯へはいる時などに、顔を大事にすると同じように足を大事にしているのでないでしょうか？とにかくその肌の色は、年中怠らず研きをかけているに違いない潤沢と光とを含んで、象牙のように白くすべすべとしていました。いや、実をいうと、象牙にしたってこんな神秘な色を持ってはいないでしょう。象牙の中に若い女の暖い血を通わせたらば、あるいはいくらかこれに近い水々しさと神々しさとの打ち交った、不思議な色が出るかもしれません。その足は、白いといってもただ一面に白いのではなく、踵の周りや爪先の方がぽうと薔薇色に滲んで、薄紅い縁を取っているのです。それを見ると、僕は覆盆子《いちご》に牛乳をかけた夏の喰物を想い出すのでした。白い牛乳に覆盆子の汁が溶けかかった色、――あの色が、お富美さんの足の曲線に添うて流れているのでした。これは僕の邪推かもしれませんけれど、彼女は事によるとこの素晴らしい足を見せびらかしたいために、こんな窮屈なポオズをすることを、案外容易《たやす》く引き受けたのではないだろうかとも思われました。

異性の足に対する僕のこういう心持ち、――美しい女の足さえ見れば、たちまち已《や》み難い憧憬の情を起して、それを神の如くに崇拝しようとする不可思議な心理作用、――この作用は、幼い時分から僕の胸の奥に潜んでいましたが、子供心にも忌まわしい病的な感情である事を悟って、なるべく人に知られないように努めていたのでした。しかるに、この気違いじみた心理作用を感ずる人間は単に僕一人ではないということ、世の中には異性の足を渇仰《かつごう》する拝物教徒、――Foot-Fetichist の名を以て呼ばるべき人々が、僕以外にも無数にあるという事実を、つい近頃になってある書物から学んだ僕は、それ以来自分の仲間がどこかに一人ぐらいはいそうなものだと、内々気を附けて捜していたのでした。ところが早速、ここに塚越の隠居が現れて僕の仲間に加わって来たのです。僕と違って、隠居は新しい心理学の本などを読む訳はありませんから、無論 Foot-Fetichism という熟語を知ろうはずはなし、自分の仲間が世間に沢山いようなどとは、夢にも思ってはいなかったでしょう。恐らく僕が子供の時代に考えたように、自分だけがそんな忌まわしい性癖に祟られているのだと信じていたでしょう。殊に僕のような青年ならば知らぬこと、洒落《しゃらく》な江戸児を以て任ずる隠居の胸に、そういう近代的な病的な神経が宿っている事は、それ自身が一つの時代錯誤でした。「おれのような通人が、どうしてこんな変《へん》てこれんな病を持っているのだろう。」と、隠居は定めし眉をしかめて、人に知られたら随分極まりが悪い事だと、心配していたに違いありません。もしも僕が同じ病に呪われていず、あらかじめ疑いの眼を以て隠居の行動を観察しなかったら、隠居は多分僕に対して永久に、心の秘密を暴露せずにしまったでしょう。最初からの老人の素振りに、何となく尋常でないものが潜んでいる事に気が付いていた僕は、彼がおりおり偸《ぬす》むようにしてお富美さんの足の恰好を視ている眼つきを、いかにも怪しいと感じたので、

「失礼ですが、この方の足の形は実に見事なものですなあ。僕は毎日学校でモデル女を見馴れていますけれど、こんな立派な、こんな綺麗な足はまだ見たことはありません。」

こういって、わざと隠居の気を引いてみました。すると隠居は俄《にわ》かに顔を赧《あか》くしながら、例の気味の悪い眼球《がんきゅう》をぎろりと光らせて、極まりの悪さを押し隠すような苦笑いを浮べました。が、僕の方から積極的に出て、足の曲線が女の肉体美の中でいかに重大な要素であるかを説き、美しい足を崇拝するのは誰にも普通な人情で

あると語り出すと、隠居はだんだん安心して来て、少しずつ臀尾《しっぽ》を露《あら》わし始めました。

「ねえ御隠居さん、僕はさっき反対をしましたけれど、御隠居さんがこの方にこういう姿勢を取れと仰っしゃったのは、たしかに一理ある事ですよ。こういう姿勢を取ると、この方の足の美しさが遺憾なく現われますからね。御隠居さんも満更絵の事が分らないとはいわれません。」

「いや、有り難うがす。宇之さんがそういってくれると私は真《まこと》に嬉しい。なあにね、西洋の事ぁ知らないが、日本の女だって昔はみんな足の綺麗なのを自慢にしたものさ。だから御覧なさい、旧幕時代の芸者なんて者あ、足を見せたさに寒中だって決して足袋《たび》を穿かなかった。それがいなせでいいといってお客が喜んだもんなんだが、今の芸者は座敷へ出るのに足袋を穿いて来るんだから、全く昔とあべこべさね。もっともこの頃の女は足が汚いから足袋を脱げったって脱ぐ訳にゃ行きますまいよ。それで私は、このお富美の足が珍しく綺麗だから、どんな時でも決して足袋を穿かないようにッて、堅くいいつけてあるんだがね。」

こういって隠居は、恐悦らしく頤をしゃくってやに下りました。

「その心持ちが宇之さんに分ってくれりゃあ私は何もいう事ぁごわせん。絵の出来栄えが悪くったってそんな事ぁ構やあしない。だからね、もし面倒だったら余計なところは画かなくってもいいんだから、あの足のところだけ丁寧に写しておくんなさい。」

しまいには図に乗ってこんな事をいうのでした。普通の人なら顔だけ画いてくれろというのが当り前だのに、隠居は足だけを画いてくれろというのです。彼が僕と同じ病を持った人間であることは、もうその一言で疑う余地はありませんでした。

僕はその後、ほとんど毎日のように隠居の許へ通いました。学校にいてもお富美さんの足の形が始終眼の先にチラチラして、仕事がまるで手に附きません。そうかといって、隠居の所へ行っても頼まれた仕事に精を出す訳ではなく、絵の方は好い加減に誤魔化して、お富美さんの足を眺めては隠居と二人で讃美の言葉を交換しつつ時を過すのです。隠居の病癖をよく呑み込んでいるらしいお富美さんは、退屈なモデルの役を勤めながら、時々厭な顔をすることもありましたけれど、まあ大概は黙って二人の言葉を聞き流していました。モデルといっても描かれるためのモデルではなく、気違いじみた老人と青年との四つ眼から浴びせられる惚れ惚れとした視線――当人になってみれば随分気味の悪い視線――の的となって、崇拝されるためのモデルなのですから、お富美さんの立ち場はかなり奇妙なものであったといわなければなりません。こうなって来ると、なまじ美しい足を持って生れたのが、とんだ迷惑だったでしょう。ひと通りの女ならこんな馬鹿馬鹿しい役目は御免蒙むるところでしょうが、そこは利口者のお富美さんのこと故、おとなしく老人の玩具《おもちゃ》になってしらばくれているのでした。玩具になるとはいっても、ただ素足を見せて拝ましてやりさえすれば、それで相手は気が遠くなる程喜んでいるのですから、心の持ちようによってはこんな易《やさし》い役目はないのです。

隠居と僕との交際に遠慮がなくなって行くにつれて、隠居はだんだんその病癖を露骨にさらけ出すようになりました。僕は一種の好奇心から、老人をそこへ惹き込むようにと殊更に仕向けて行ったのでした。そうするためには、勿論僕の方からも、進んで自分の浅ましい性質を打ち明ける事が必要でしたが、僕はむしろ必要以上に誇張され醜くされた過去の経験を物語って、隠居の頭から出来るだけ羞恥《しゅうち》の観念を取り除くように努めました。今考えてみると、その時の僕は他人の秘密を知りたいという単純な好奇心のみからではなく、もっと胸の奥深くに潜んでいる已み難い欲求に駆られていたのかもしれません。僕は隠居と道連れになって、相率いて忌まわしい感情の底を捜ろうとかかっていたのかも分りません。僕の打ち明け話を聞くと、隠居はひどく同感してそれに似たような彼自身の経験を、包むところなく話してしまいました。子供の時から六十余歳になるまでの長い間の経験は、滑稽と醜悪と奇《き》抜《ばつ》との点に於いて、僕のよりも遥かに豊富な材料に充ちていたのです。それを一々ここに書き記すのは大変ですから、残らず省くことにしてしまいましょう。ただその奇抜さの一例を挙げると、隠居がモデル台の代りに使った竹の縁台は、今度の事で始めて座敷のまん中へ持ち出されたのでなく、彼は前からしばしば密閉した部屋の内でその縁台にお富美さんを腰かけさせ、自分は犬の真似をして彼女の足にじゃれ着いた事があるのだそうです。お富美さんから旦那としての取り扱いを受けるよりも、そういう真似をする方が遥かに愉快を感ずるのだと、隠居はいいました。

……

ちょうどその年の三月の末に、隠居はほんとうに「隠居」の手続をして、質屋の店を娘夫婦に譲り渡し、七里が浜の別荘の方へ引き移ったのでした。表向きの理由は、糖尿病と肺結核とがだんだん重くなって来るので、転地をしなければいけないという医者の勧告によったのですが、実は世間の人目を避けて、お富美さんと誰憚からずふざけ散らして暮らしたかったのでしょう。しかし、別荘の方へ移ると間もなく、隠居の病勢はいよいよ昂進して来たので、表向きの理由はやがて実際の理由らしくなってしまいました。病気に対してはかなり気の強い人で、糖尿病だというのに大酒を呷《あお》ったりするのですから、悪くなるのは当り前でした。それに糖尿病よりは肺病の方が日増しに心配な状態になり、夕方になると三十八九度の熱が毎日続くようになりました。以前から少しずつ痩せ始めていた体は、急にげっそり衰えて、半月ばかりの間に見違えるほどやつれてしまい、お富美さんとふざけ散らすどころの騒ぎではなくなって来たのです。別荘は海を見晴らす山の中腹に建っていて、南向きの、日あたりのいい十畳の広間が主人の部屋にあてられていましたが、明るい縁側の方を枕にして隠居は床に就いたきり、三度の食事の時よりほかには起き上る気力もないという風でした。おりおり咯血をした後などには、真青な額を天井の方に向けて、じっと死んだように眼を瞑ったまま、既に覚悟を極めているらしい様子が見えました。鎌倉の○○病院のSという医学士が一日置きに診察に来てくれて、「どうも容態が面白くない。これで熱が下らなければ存外早いかもしれないし、それでなくても一年とは持たないだろう」と、お富美さんにそっと注意を与えるような始末でした。病勢が募るにつれて老人は次第に気むずかしくなり、食事の際などに料理に味の付け方が悪いといっては、小間使のお定を捉《つか》まえてしばしば叱言をいいました。

「こんな甘ったるいものが喰えると思うかい？　手前はおれを病人だと思って馬鹿にしていやぁがる……」

　こういって、皺嗄《しわが》れた苦しそうな声で口汚く罵っては、塩が利き過ぎたの味醂《みりん》がはいり過ぎたのと、持ち前の「通」を振り廻していろいろの難題をいいかけるのです。が、もともと体の工合で舌の感覚が変ってしまったのですから、いくら旨い物を喰べさせたって病人の気に入るはずはありません。そうなると隠居はいよいよ癇を昂らせて、三度三度お定を叱り飛ばします。

「またそんな分らないことをいってるんだね……喰物がまずいのはお定のせいじゃありゃあしない。自分の口が変ってるんじゃないか。病人の癖に勝手なことばかりいっているよ。――お定や、構わないから打ッちゃっておおき。そんなにまずいなら喰べないがいい。」

あまり隠居が焦立って来ると、お富美さんはいつもこういって怒鳴りつけました。彼女に怒鳴り付けられると、ちょうど蛞蝓《なめくじ》が塩を打《ぶ》っかけられた如く、老人はすうッと消えてしまいそうに眼を塞いで大人しくなります。そんな時のお富美さんは、まるで猛獣使いが猛り出した虎やライオンを扱うような工合なので、傍で見ている者はハラハラせずにはいられませんでした。

わがままで手の附けられない老人に対して、いつの間にやらこれほどの権威を振うようになっていたお富美さんは、その頃時々病人を置き去りにしたまま別荘を明けて、どこへ姿を消すのだか半日も一日も帰って来ないことがありました。

「ちょいとあたし、買物がてら東京まで行って来るわ。」

こんな事を、独言《ひとりごと》のようにいって、隠居がいいとも悪いともいわないのに、構わずせッせと支度をして、買い物に行くにしてはお化粧や身なりに恐ろしく念を入れて、ぷいと出て行ってしまうのです。お富美さんのこの乱行(? そうです、それは乱行に違いなかったのです。隠居が死ぬと程なく彼女は少からぬ遺産を手に入れて、旧俳優のTと結婚しましたが、恐らくあの時分から人目を忍んでその男に会っていたのでしょう。）は、随分傍若無人《ぼうじゃくぶじん》なものでしたけれど、本家や親類の人たちはもうその前から隠居の痴情に愛憎《あいそ》を尽かしていたのですから、誰も何ともいう者はなかったのです。今日明日をも計られぬ病の床に臥しているこの老人が、今となって薄情な妾から虐待される運命に陥ったのも、自業自得《じごうじとく》だから仕方がないと、そういう風に親類の人たちは考えていたのでしょう。それにまた、お富美さんの身になれば、今の若さにあれだけの器量を持ちながら、骸骨に等しい老人の側にばかりいて、毎日毎日単調な海の色を眺めつつ日を暮らすのは、全く気がくさくさしたに違いありません。始めから愛情などというものは微塵《みじん》もなかったのですし、搾《しぼ》り取るだけのものは搾り取ってしまったし、隠居が親類から見放されて、身動きのならない大病に罹ったのを幸いに、もういい時分だと見切りを附けて、老人の死ぬのを待ち切れずにそろそろ本性を露わして来たのでした。

　そんな訳で、お富美さんは五日に一遍ぐらい必ず消えてなくなりましたが、そういう日に限って病人は特に機嫌が悪かったのです。お富美さんに何かいわれるとひとたまりもなく縮み上って、猫のように大人しくなる癖に、彼女の姿が見えなくなるや否や、ムラムラと癇癪《かんしやく》を起して女中にあたり散らします。が、あたり散らしている最中にでも、お富美さんの帰って来る下駄の音が聞えたりすると、隠居は急に叱言を止めて知らん顔で寝たふりをしてしまいます。その態度の変り方があまり不思議なので、女中のお定も吹き出さずにはいられなかったそうです。

別荘は隠居とお富美さんのほかに、この小間使いのお定と、飯焚のおさんどんと、風呂番の男と、都合五人暮らしでした。お富美さんは今もいうようにろくろく病人の世話をしませんでしたから、看護の役を勤めた者はおもにお定一人だったのです。医者は看護婦を置くように勧めましたけれど、隠居は決して承知しませんでした。なぜかというと、――隠居は未だに、じっと床の上に倒れたきり起きも上れない体でありながら、未だに例の秘密な癖を止めなかったので、看護婦がいれば楽しみの邪魔になると思ったのでしょう。この事実を知っている者は、当の相手、――美しい足の所有者たるお富美さんと、かくいう僕と、それからお定と、三人だけでした。僕は隠居が鎌倉へ引き移って以来、お富美さんが恋いしいというよりはむしろお富美さんの足が恋いしさに、始終別荘の方へ遊びに来ていました。お富美さんもそう毎日は出歩く訳にも行きませんし、話相手がないと退屈で困るものですから、僕が訪ねて行けばいつも大概歓迎してくれました。僕は学校の方を休んで、二日三日も泊り続ける事がしばしばあったのです。しかしお富美さん以上に、僕の来訪を歓迎したのは隠居でした。それは全く無理もないので、僕がいなかったら隠居はあるいは、その秘密な欲望を十分に満足させることは出来なかったかもしれません。病床にある彼にとっては、僕の存在はお富美さんと同じ程度に必要であったとも、いわれないことはありますまい。何しろ隠居は背中に床擦《とこず》れが出来るという状態で、便所へも行かれないような体になってしまったのですから、もう犬の真似をする訳には行かず、折角お富美さんの足を見ながら、自分ではどうする事も出来ませんでした。で、よんどころなく、例の竹の縁台を自分の枕元へ持ち出させて、それへお富美さんを腰かけさせて、僕に犬の真似をさせながら、その光景をじっと眺めているのでした。この場合、それを眺めている隠居は、衰弱した体力では受け切れないほどの強い刺戟を感じ、さながら胸を抉《えぐ》られるような快感に浸っただろうと思いますが、同時に犬の真似をさせられている僕自身も、隠居と同じ刺戟《しげき》を受け、同じ快感の刹那を味わい得たのです。だから僕は喜んで隠居の依頼に応じました。どうかすると頼まれもしないのに自ら進んでいろいろの真似を演じてみせました。それ等の光景の一つ一つは、今この話を書きながら想い出しても、何だかこう、ありありと浮かんで来るような気がします。……あの、お富美さんの足が僕の顔の上を踏んでくれた時の心持ち、――あの時僕は踏まれている自分の方が、それに見惚れている隠居よりもたしかに幸福だと思いました。――要するに僕は隠居の身代《みがわり》となって、お富美さんの足を崇拝し、神聖視する仕業を彼の面前で沢山やって見せたのです。もっともお富美さんの方からいえば、二人の男が自分の足を玩具にした訳で、酔興な奴もあるものだと考えたかもしれません。

隠居の狂暴な性癖は、僕という適当な相棒を見出したために、肺結核の病勢と相俟って日に増し募って行きました。あの憐れな老人をそこまで引き擦り込んだについては、僕の方にも罪がないとはいわれません。が、隠居はやがて、僕の仕業を見物するだけでは満足が出来なくなり、自分も何とかしてお富美さんの足に触りたいと願うようになったのです。

「お富美や、後生だからお前の足で、私の額の上をしばらくの間踏んでいておくれ。そうしてくれれば私はもうこのまま死んでも恨みはない。……」

痰の絡まった喉を鳴らしながら、隠居は絶え絶えになった息を喘《あえ》がせて、微かな声でこんな事をいう折がありました。するとお富美さんは美しい眉根をひそめて、芋虫でも踏んづけた時のように苦り切った顔つきをして、病人の青褪《あおざ》めた額の上へ、その柔かな足の裏を黙って載せてやるのです。色つやのいい、水々と膩脹《あぶらぎ》った足の下に、骨ばった頬を尖らせて静かに瞑目《めいもく》している病人の顔、――土気色《つちけいろ》をして、何等の表情もない病人の顔は、朝日の光に溶けて行く氷のように、無上の恩寵を感謝しながらすやすやと眠るが如く死んで行くのではあるまいかと思われました。時とすると、そういう風にしたまま、痩せ衰えた両手をそろそろと頭の上に持って行って、お富美さんの足の甲を触ってみることなどもありました。

医者の予言した通り、今年の二月になって隠居は遂に危篤の状態に陥りました。しかし意識は割り合いにハッキリしていて、時々思い出したように妾の足のことをいい続けるのでした。食慾などはまるで無くなっていましたけれど、それでもお富美さんが、例えば牛乳だとかソップだとかいうようなものを、綿の切れか何かへ湿して、足の趾の股に挟んで、そのまま口の端へ持って行ってやると、病人はそれを貪るが如くいつまでもいつまでも舐《ねぶ》っていました。このやり方は、最初隠居が考え附いたので、病が重くなってからはずっとそういう習慣になっていました。そうして喰べさせなければ、誰が何を持って行っても一切受け附けませんでした。たとえお富美さんでも手を使わないで足でやらなければ駄目だったのです。

臨終の日には、お富美さんも僕も朝から枕元に附きっ切りでした。午後の三時頃に医者が来て、カンフル注射をして帰った後で、隠居は、

「ああ、もういけない。……もうすぐ私は息を引き取る。……お富美、お富美、私が死ぬまで足を載っけていておくれ。私はお前の足に蹈まれながら死ぬ。……」

と、聞き取れないほど低い調子ではありましたけれど、しッかりした語呂《ごろ》でいいました。お富美さんは例の如く黙って、不愛憎《ぶあいそ》な面持ちで病人の顔の上へ足を載せました。それから夕方の五時半に隠居が亡くなるまで、ちょうど二時間半の間、蹈みつづけに蹈んでいたのですから、立っていては足疲《くたび》れてしまうので、枕元へ縁台を据えて腰をかけたまま、右の足と左の足とを代る代る載せていたのでした。隠居はその間にたった一遍、

「有り難う……」

と、微かにいって頷きました。お富美さんはしかし矢っ張り黙っていました。

「まあ仕方がない。もうこれでおしまいなんだから辛抱していてやれ。」というよう

な薄笑いが、僕の気のせいかもしれませんが彼女の口元に見え透いているように思われました。

死ぬ三十分ほど前に、日本橋の本家から駆け付けた娘の初子は、当然この不思議な、浅ましいとも滑稽とも物凄いともいいようのない光景を、目撃しなければなりませんでした。彼女は父親の最後を悲しむよりは、むしろ竦毛《おぞけ》を顫ったらしく、面を伏せて座に堪えぬが如く固くなっていました。しかしお富美さんの方は一向平気で、頼まれたからしているのだといわんばかりに、老人の眉間《みけん》の上に足を載っけていたのです。初子の身になったらどんなに辛かったかしれませんが、お富美さんはお富美さんで、本家の人々に対する反感から、彼等を馬鹿にする積りでわざとそんな意地ッ張りをしたのかも分りません。が、その意地ッ張りは、期せずして病人にこの上もない慈悲を与える事になったのです。お富美さんがそうしてくれたお蔭で、老人は無限の歓喜のうちに息を引き取ることが出来たのでした。死んで行く隠居には、顔の上にある美しいお富美さんの足が、自分の霊魂を迎えるために空から天降《あまくだ》った紫の雲とも見えたでしょう。

先生

塚越老人の話はこれで終りを告げたのでございます。僕はただ簡単に筋をお知らせする積りでしたのに、つい引張られてこんな冗漫な書き方をしてしまいました。僕の下手な長談義のために、多少でも先生の貴重な時間をお割《さ》かせ申したのは、非常にお気の毒に存じます。しかし、上に述べた老人の物語は、果して一顧の価値もないものでしょうか？　たとえば人間の性情の根強さというような事、そういう事の暗示が、この物語の中に潜んではいないでしょうか？　僕の文章は極めて拙劣ですけれど、先生の筆を以てこれに粉飾を加え、訂正を施して下すったなら、以上の話だけで立派な小説が出来上るだろうと、僕は固く信じているのでございます。終りに臨んで、僕は心から、先生の筆硯《ひっけん》益々御多祥ならんことを祈ります。

大正八年五月某日　　野田宇之吉

谷崎先生

御座右

青い花

「改造」大正十一（一九二二）年三月号

「君はこの頃また少し痩せたね、どうかしたのかい？　顔色が悪い、――」

　さっき、尾張町の四つ角で出遇った友人のTにそういわれてから、彼はゆうべの阿具里《あぐり》とのことを想い出して、一層歩くのに疲労を覚えた。Tは勿論そんな事に気が付いていった訳じゃなかろう、――彼とあぐりとの間柄は今更《いまさら》冷やかすほどの事でもなし、二人が一緒に銀座通りを歩いていたって別に不思議はないんだから、――が、神経質で見え坊の岡田にはその一と言が少からぬ打撃であった。自分はこの頃遇う人ごとに「痩せた」といわれる。――実際この一年来自分でも恐ろしいくらい眼に見えて痩せる。殊《こと》にこの半年の間というものは、かつてはあんなにつやつやと肥えていた肉と脂肪が、一と月一と月削られるように殺《そ》げてゆく。どうかすると一日の間でもそれが目立って分ることがある。毎日毎日、入浴のたびに全身を鏡に映しては、そっと肉附きの衰えた工合を検査するのが癖になってしまったが、もう近頃は鏡を見るのが恐ろしい気がする。昔――といっても今から二三年前までは、彼の体つきは女性的だといわれていた。友達と一緒に湯にはいったりなんかすると、「どうだい、ちょっとこういう形をすると女のように見えるだろう、変な気を起しちゃいかんぜ」などと自慢をしたものだったのに、――就中女に似ていたのは腰から下の部分だった。ムッチリした、色の白い、十八九の娘のそれのように円く隆起した臀の肉を、彼はしばしば鏡に映して愛撫しながらウットリとした覚えがある。股や膨《ふく》らッ脛《ばぎ》の線などが無恰好なくらいに太っていて、その脂ぎった、豚のような醜い脚を、あぐりと一緒に入浴しながら、彼女のそれに比べてみるのが好きであった。その当時やっと十五の少女だったあぐりの脚の西洋人のようにスッキリしたのが牛屋《ぎゅうや》の女中の脚みたいな彼のものと並べられる時、一層美しく見えたのをあぐりも喜んだし彼も喜んだ。お転婆《てんば》な彼女はしばしば彼を仰向けに倒して団子を蹈んづけるように股の上を蹈んづけたり、渡って歩いたり、腰かけたりした。――しかるにそれが、今は何という情ない、細ッこい脚になってしまったんだろう。膝《ひざ》や踝《くるぶし》の関節など、しんこを括《くく》ったように可愛らしく括れてえくぼが出来ていたのだが、いつからとはなく傷々しく骨が突き出て、皮の下でグリグリと動くのが見える。血管が蚯蚓《みみず》みたいに露出している。臀はだんだんペッタンコになって、堅い物に腰をかけると板と板とが打つかるような感じがする。でもついこの間までは、肋骨が見える程ではなかったのに、下の方から一枚一枚トゲ立って来て、胃袋の上から喉の所まで、人体の構造はこんな工合に出来ているのかと薄気味悪く思われるくらい、ありありと透き徹っている。大喰いをするからこればかりは大丈夫と思っていた太鼓腹が次第に凹んで、この塩梅《あんばい》じゃ今に胃袋まで見え出すかもしれない、脚の次に「女らしい」ので自慢をしたのは腕だったけれど、――何かというとその腕を巻くって見せて女にも褒められ、自分でも「この手で深みへハンマ千鳥」と惚《ほ》れられた女にからかったものだけれどそれが今では贔屓目《ひいきめ》にも女らしいとは――いや男らしいとも思われない。人間の腕というよりは棒ッ切れだ。胴体の両側に鉛筆がぶら下っているのだ。いやしくも骨と骨との間にある凹みという凹みからはことごとく肉が落ち、脂が取れ、こうしてどこまで痩せて行くのか、――一体こんなに痩せてしまって、それでも生きて動いているのが不思議でもあり、有難くもあり、自分ながら凄じくもある。――そう考えると、もうそれだけでも彼の神経は脅やかされて急にグラグラと眩暈《めまい》がする。後頭部がずしんと痺れてそのまま後ろへ引き倒されるような、膝頭がガクガクと曲りそうな気持になる――勿論気持ばかりではない、神経が手伝うには違いないのだが、長い間に嘗《な》め尽した歓楽と荒色の報いであることは、――糖尿病のせいもあるけれどもそれも報いの一つであるから、――彼にはよく分っている。今更嘆いても追っつかないようなものの、ただ恨めしいのはその報いが意外に早く、そうしてしかも彼の最も頼みとする肉体の上に、それも内臓の病気でなく、外形の上に来たことである。まだ三十台だ、こんなに衰えなくってもいいんだのに、……思うと、彼は地団太ふんで泣きたくなる。

「ちょっと、ちょっと、――あの指輪はアクアマリンじゃなくって？　ね、そうでしょう、あたしに似合わないかしら？」

ふいと、あぐりは立ち止まって彼の袖を忙しく突ッついてショオ・ウインドオの中を覗いた。「あたしに似合わないかしら」といいながら、彼女は手の甲を岡田の鼻先へ持って来て五本の指を反らしたり縮めたりしてみせる。――銀座通りの五月の午後の日光が、明るくかっきりとその上に照っているせいか、生れてからピアノのキイに触れるよりほか一度も堅いものに触れたことのないような、柔かい、すんなりと伸びた指どもが、今日は一と入《しお》なまめかしい色つやを帯びている。かつて支那に遊んで、南京の妓館で何とかいう妓生《ぎせい》の指がテーブルの上に載っているのを眺めた時、あんまりしなやかで綺麗なので温室の花のように思われ、およそ世の中に支那婦人の手ほど繊細の美を極めたものはないと感じたが、この少女の手はただあれよりもほんの少し大きく、ほんの少し人間らしいだけである。あれが温室の花ならこれは野生の嫩草《わかくさ》でもあろうか、そしてその人間らしいのがかえって支那婦人のそれよりは親しみ深いともいえるのである。もしこんな指が福寿草のように小さな鉢に植わっていたら、どんなに可愛らしいだろう。……

「ね、どう？　似合わないかしら？」

といって、彼女は掌をウインドオの前の手すりにあてて、踊りの手つきのようにグッと反りを打たせる。そして問題のアクアマリンの事は忘れたように自分の手ばかり視つめている。

「………」

が、岡田はどんな返事をしたか覚えはない。彼もあぐりと同じところを視つめたまま、――頭は自然と、この美しい手に附きまとういろいろな空想で一杯になっていた。……考えてみると、もう二三年も前から自分はこの手を朝な夕な――この愛着の深い一片の肉の枝を、——粘土のように掌上に弄び、懐炉のようにふところに入れ、口の中に入れ、腕の下に入れ、頤の下に入れていじくったものだが、自分がだんだん年を取るのと反対に、この手は不思議にも年一年と若々しさを増して来る。まだ十四五の折りにはそれは黄色く萎びていて、細かい皺《しわ》が寄っていたのに、今では皮がピンと張り切って、白く滑かに乾燥して、その癖どんな寒い日にでも粘ッこい膩味《あぶらみ》がじっとりと、指輪の金が曇るくらいに肌理《きめ》に沁みている。……あどけない手、子供のような手、赤ん坊のように弱々しくて淫婦のように阿娜《あだ》っぽい手、……ああ、この手はこんなに若々しく、昔も今も歓楽を追うて已《や》まないのに、どうして自分はこうも衰えてしまったのか。自分はもう、この手を見るだけでもそれが挑発するさまざまの密室の遊びを連想して、毒々しい刺戟に頭がズキズキする。……じっと見ていると、岡田にはそれが手だとは思えなくなって来る。……白昼——銀座の往来で、この十八の少女の裸体の一部、——手だけがここにむき出されているのだが、……肩のところもああなっている、胴のところも……腹のところもああなっている、……臀、……足、……それらが一つ一つ恐ろしくハッキリ浮かんで来て奇妙な這うような形をする。見えるばかりでなく、それがどっしりと、十三四貫の肉塊の重味になって感ぜられる。……一瞬間、岡田は気が遠くなって後頭部がグラグラして、危く後ろへ倒れそうになる。……馬鹿なッ、――岡田はハッとして妄想を打ち消す。……よろめきかかった足を蹈みしめる。……

「じゃ、横浜へ行って買ってくれる?」

「ああ」

そういいながら、二人は新橋の方へ歩き出した。――これから横浜へ行くのである。

今日はいろいろの物を買って貰うのだから、あぐりは嬉しいに違いない。山下町のアーサー・ボントや、レーン・クロフォードや、何とかいう印度人の宝石商や、支那人の洋服屋や、横浜へ行けばお前に似合う物が何でもある。お前はエキゾティック・ビューティーだ、在り来りの、その割につまらなく金のかかる日本人臭い服装は似合わないのだ。西洋人や支那人を御覧、そんなに金を掛けないで、顔の輪廓や皮膚の色を引き立たせる法を知っている。お前もこれからそうするがいい。――そういわれてあぐりは今日を楽しみにしていた。彼女は歩きながら、自分が今着ているフランネルの和服の下に、初夏の温気で生暖く汗ばみつつ静かに喘《あえ》ぎ息づいている白い肌が、――のびのびと発達した小馬のような手足の肉が、やがてその「似合わない」和服を脱いで、耳には耳環をつけ、頸《くび》には頸飾をつけ、胸には絹だか麻だかのサラサラした半透明のブラウスをつけ、踵《かかと》の高いきゃしゃな靴先でしなしと……街を通る西洋人のようになった姿を空想する。そしてそういう西洋人がやって来ると、彼女はすかさずジロジロと見送っては、「あの頸飾はどう？　あの帽子はどう？」という風にウルサク執拗《しつこ》く岡田に尋ねる。その心持は岡田も同じで、彼には若い西洋の婦人という婦人が、ことごとく洋服を着たあぐりに見える。……あれも買ってやりたい、これも買ってやりたい、と、そう思うのであるが……それでいて一向気持が浮き立たないのはなぜであろう。これからあぐりを相手にして面白い遊びが始まるのだ。天気は好し、風は爽やかだし、五月の空はどこへ行っても愉快である。「蛾眉青黛紅巾沓」……新しい、軽い衣裳を彼女に着けさせ、所謂紅巾の沓を穿かせて、可愛い小鳥のように仕立てて、楽しい隠れ家を求むべく汽車に載せて連れて行く。青々とした、見晴らしのいい海辺の突端のベランダでもよし、木々の若葉がぎらぎらとガラス戸越しに眺められる温泉地の一室でもよし、またはちょいと気の付かない外国人町の幽暗なホテルでもいい。そこで遊びが始まるのだ、自分が始終夢に見ている——ただそのためにのみ生きている——面白い遊びが始まるのだ。……その時彼女は豹の如くに横わる、……頸飾と耳環を附けた豹の如くに横わる、……子供の時から飼い馴らした、主人の物好きをよく呑み込んだ豹ではあるが、その精悍と敏捷とはしばしば主人を辟易さす。じゃれる、引ッ掻く、打つ、跳び上る、……果てはずたずたに喰い裂いて骨の髄までしゃぶろうとする、……ああその遊び！　考えただけでも彼の魂はエクスタシーに惹き込まれる。彼は覚えず興奮の余り身ぶるいする。突然、グラグラと眩暈《めまい》がして再び気が遠くなって、……今、三十五歳を一期にしてこの往来へ打っ倒れて死ぬんじゃないかと思われる。……

「あら、死んじゃったの？　仕様がないわね。」

と、あぐりは足もとに転がった屍骸を見てポカンとする。——屍骸の上には午後二時の日がかんかん照って、痩せて飛び出た頬骨の凹みに濃い蔭を作る。——どうせ死ぬならもう半日も生きていて、横浜へ行って買い物をしてくれれば好かったのに、……あぐりは忌ま忌ましくなって、チョッと舌打ちする。なるべく係り合いになりたくはないが、しかしこのまま放っておく訳にも行くまい、……が、この屍骸のポッケットには何百円かの金がある。これはあたしの物になるはずだった、——

せめて一と言、それを遺言して死んでくれるとよかったけれど、——この男は馬鹿馬鹿しいほどあたしの愛に溺れていたから、あたしが今ポッケットからその金を出し、好きな物を買い好きな男と浮気をしても、あたしを恨む訳はないから、彼はあたしが多情な女であることを知り、それを許していたばかりか時には喜んでさえいたんだから、——あぐりは自分にいい訳しながら、ポッケットから金を取り出す。たとい化けて出て来たにしろこの男なら恐ろしくはない、幽霊になってもきっとあたしのいう事を聴くだろう。あたしの思う通りになるだろう。……

「ちょっと、幽霊さん、お前のお金であたしはこんな指輪を買った、こんな綺麗なレースの附いたスカートを買った、そら御覧、（と、そのスカートを捲くって見せて）お前の好きな私の脚、——この素晴らしい足を御覧、この白い絹の靴下も、膝の所を結んである桃色のリボンの靴下留めも、みんなお前のお金で買った、何とあたしは品物の見立てが上手じゃなくって？　あたしはまるで天使のように立派じゃなくって？　お前は死んでもあたしはお前のお望み通りの、あたしに似合う衣裳を着て、面白おかしく世間を飛んだり跳ねたりしている。あたしは嬉しい、ほんとに嬉しい、お前がこうしてくれたんだからお前だって嬉しかろう。お前の夢があたしになって、こんな美しいあたしになってピンピン生きているんだから。……さあ幽霊さんや、あたしに惚れた、死んでも浮かばれない幽霊さんや、一つお笑い！」

そういって、冷めたい骸《むくろ》を力まかせに抱きしめてやる、枯木のような骨と皮とがミシミシいって、「もう溜らない、堪忍《かんにん》してくれ」と泣き声を出すまで抱きしめてやる。それでも降参しなければまだいくらでも誘惑してやる。皮が破れて、ありもしない血がたらたらと流れて、シャリッ骨が一本々々バラバラになるまで可愛がってやる。そしたら幽霊も文句はなかろう。……

「どうかしたの、何か考え事をしているの？」

「う、……ううん」と、岡田は口の中をもぐもぐやらした。

こうして一緒に、楽しそうに歩いていながら、――こんな楽しみはないはずだのに、自分の心は彼女と調子を合わせられない。悲しい連想がそれからそれへと湧き上って、遊びの「あ」の字が始まらぬうちから、体が弱り切っている。ナニ神経だ、大した事はない、このお天気に表へ出れば直ってしまう。――そう自ら励まして出て来たのだが、やっぱり神経ばかりではない、手足が抜けるようにだるくて、歩くたびに腰が軋《きし》む。だるいという感覚は、時によっては甘くなつかしいものだけれども、それがこうまで度が強くなれば何か好くない徴候だという予感がする。今、自分の知らぬ間に、重い病気が刻々と組織を冒しつつあるのじゃないか。自分はそれを放ったらかして、打っ倒れるまでフラフラ歩いているのじゃないか。一旦打っ倒れたが最後、どッと病み着いてしまうのじゃないか。――ああ、こんなにだるいくらいなら、いっそ早くそうなってしまいたい。そして柔かい蒲団の上にでももぐったり寝かして貰いたい。事によると、自分の健康はもうとっくにそれを要求しているのじゃないか。「いけません、いけません、そんな体で出歩くなんてとんでもない事です。眩暈《めまい》がするのは当り前です、寝ていなけりゃいけません。」と、医者が見たらビックリして止める程なのじゃないか。――そこまで考えると一層がッかりして、歩くのが尚更大儀になる。銀座通りの鋪装道路が、――健康な時にはその上を濶歩することがいかに愉快だかしれないところの、堅い、コチコチの地面が、一歩一歩に靴の踵から頭の頂辺《てっぺん》へズキン、ズキンと響いて来る。第一、足の肉を型にハメたように締めつけている赤皮のボックスの靴が、恐ろしく窮屈な気がする。元来洋服なんてものはピンシャンした達者な人間が着るもので、衰弱した体ではとても持ち切れない。腰、肩、腋の下、頸ッたま、……関節という関節を締め金やボタンやゴムや鞣皮《なめしがわ》で二重にも三重にも絞られているのだから、何の事はない、十字架にかけられたまま歩いているようなものである。ちょいと考えたところでも靴の下には靴下という奴があって、その上の方が御丁寧にもガーターで脛にぴんと引っ張られている。更にワイシャツを着、ズボンを穿き、それをギュッとビジョーで以て骨盤の上に喰い込ませ、肩から襷《たすき》がけに吊り上げる。……頤と胴との間にはカラアがカッチリと篏め込まれ、またその上を厳重にもネクタイで縛り、ピンを刺し込む。たっぷり太っている人間だと、いくらギュウギュウ締めつけてもますますハチ切れそうで景気がいいが、痩せた人間はたまらない。そんなエライものを着ているのかと思うと、うんざりして手足が余計疲れて来て、息が詰まりそうになる。洋服だからこそとにかくこうして歩けるのだ、——が、歩けない体を無理やりに板の如く突ッ張らされて、足枷《あしかせ》手枷《てかせ》をはめられて、「さあもう少しだ、しッかりしろ、倒れちゃいかんぞ!」と、後ろから責め立てられているんだとしたら、誰だって泣きたくなるだろう。……

ふと、岡田は、歩いているうちにだんだん我慢が出来なくなって、急に気が違ってだらしなく泣き出すところを想像した。……たった今まで、年頃のお嬢さんを連れて、このお天気にどこか散歩にでも出かけるらしい軽快な服装をして、銀座通りを歩いていた中年の紳士、――そのお嬢さんの伯父さんとも見える男が、急に顔の造作を縦横に歪めて「わぁッ」と子供のように泣き出す！　「あぐりちゃん、あぐりちゃん、僕はもう歩けないんだよう！　おんぶしておくれよう！」と、往来に立ち止まってだだを捏《こ》ねる。「何よ！　どうしたのよ！　お止しなさいよそんな真似をして！　みんなが見てるじゃないの」と、あぐりは突ッけんどんにいって、恐い伯母さんのような眼つきで睨める。――彼女は彼が発狂したとは、ちょっとも気が付かないであろう、――彼女にとってこの男の泣きッ面は珍しくもない。往来では始めてだけれど、二人きりの部屋の中ならいつでも丁度こんな風に泣くのだから。――「馬鹿ね、この男は何もおもてで泣かないだって、泣きたけりゃ後でいくらでも泣かしてやるのに。」と、彼女はそうも思うであろう。「しッ、お黙りなさい。止して頂戴ッたら、極まりが悪いから。」――が、そういっても岡田は容易に泣き止まないで、果ては身をもがいて、カラーやネクタイを滅茶滅茶にかなぐり捨てて暴れ廻る。そしてスッカリ疲れ切って、息をせいせい弾ませてペッタリと地面へ倒れる。「もう歩けない、……おれは病人だ、……早く洋服を脱がして柔かい物を着せておくれ、往来だって構わないから、ここへ蒲団を敷いておくれ。」と、半分は譫語《うわごと》のようにいう。あぐりは当惑して、恥かしさに火の出るような顔をする。――もう逃げるにも逃げられない、二人の周りには真ッ昼間黒山のような人だかりだ、巡査がやって来る、――あぐりは衆人環視の中で訊問される、――「あの女は何者だろう」「令嬢かね」「いやそうじゃない」「オペラの女優かね」など人々がコソコソいう。――「どうですあなた、こんな所に寝ていないで、起きて貰えませんかね」気ちがいと見て巡査が劬《いた》わるようにいう。「いやです、いやです、僕は病人なんだってば！　起きられるもんですか。」岡田は首を振りながらまだめそめそ泣いている、――

そんな光景が、彼の眼にハッキリと映る。実際自分が、現にそうなっているかのように、めそめそ泣く時の心持がその通りにしみじみ湧いて来る。……

「お父さん、……お父さん、……」

と、どこやらで、あぐりとは全く違った、いたいけな、可愛らしい声が微かに聞える。今年五つになる、円々とメリンス友禅の着物を着た女の児が、頑是《がんぜ》ない手をさし伸べて彼を招いているのである。その後ろには髷《まげ》に結ったその児の母らしい姿もいる。……「照子や、照子や、お父さんはここにいるよ、……おお、お咲！　お前もそこにいてくれたのか。」二三年前に亡くなった彼の母親の顔も見える、……母はしきりに何かいおうとしているのだ、それがあんまり遠すぎるせいかもやもやとした霞に隔てられている。……ただもどかしそうな身振りをして、心細い哀れっぽいことをいいながら、さめざめと涙で頰を濡らしているのがぼんやり分る。……

もう悲しい事なんか考えまい、母の事や、お咲の事や、子供の事や、死の事や、――それをひょっと想い出しただけでこんなに悲しいのはどういう訳だろう。やっぱり体が弱っているせいではないか。二三年前、達者な時分には、悲しいには悲しくってもこんなにエラクはなかったはずだが、今では悲しい心持が生理的の疲労と一緒になって、体中の血管の中にどんよりとこだわっている。そのこだわりが淫慾のために煽られる時、ますます重苦しさを増して来て、……彼は五月の白日の街を歩きながら、眼には外界の何物も見ず耳には何物も聞かない、そして執拗に、陰鬱に彼の心は内側へばかりめり込んで行く。

「もしね、買い物の都合でお金が剰ったら腕時計を買ってくれない？――」

あぐりはそんな事をいっている。――ちょうど新橋ステーションの前へ来たので、そこの大時計を見て、彼女は想い出したのであろう。

「上海へ行くといい時計があるんだがな、お前に買って来ればよかったっけ。」

それからまた一としきり、岡田の空想は支那へ飛んで行く、――蘇州の閶門外《しようもんがい》のほとりに、美しい画舫を浮かべて、虎邱《こきゆう》の塔の聳える方へのどかな運河を棹さして行く。――船の中には若い二人が鴛鴦《おしどり》のように仲好く並んで腰かけている。――彼とあぐりとがいつの間にやら支那の紳士となり、妓生となって、――

彼はあぐりを愛しているのか？　そう聞かれたら岡田は勿論「そうだ」と答える。が、あぐりというものを考える時、彼の頭の中はあたかも手品師が好んで使う舞台面のような、真ッ黒な天鵞絨《びろうど》の帷《とばり》を垂らした暗室となる、――そしてその暗室の中央に、裸体の女の大理石の像が立っている。その「女」が果してあぐりであるかどうかは分らないけれども、彼はそれをあぐりであると考える。少くとも、彼が愛しているあぐりはその「女」でなければならない、――頭の中のその彫像でなければならない、――それがこの世に動き出して生きているのがあぐりである。今、山下町の外国人街を彼と並んで歩いている彼女、――その肉体が纏っているゆるやかなフランネルの服を徹《とお》して、彼は彼女の原型を見る事が出来、その着物の下にある

「女」の影像を心に描く。一つ一つの優婉な鑿《のみ》の痕をありありと胸に浮かべる。今日はその影像をいろいろの宝石や鎖や絹で飾ってやるのだ。彼女の肌からあの不似合な、不恰好な和服を剝ぎ取って、一旦ムキ出しの「女」にして、それのあらゆる部分々々の屈曲に、輝きを与え、厚みを加え、生き生きとした波を打たせ、むっくりとした凹凸を作らせ、手頸、足頸、襟頸、——頸という頸をしなやかに際立たせるべく、洋服を着せてやるのだ。そう思う時、愛する女の肢体のために買い物をするという事は、まるで夢のように楽しいものじゃないだろうか？

夢、——この物静かな、人通りの少い、どっしりした洋館の並んでいる街を、ところどころのショオ・ウインドオを覗きながら歩いているのは、夢のような気がしないでもない。銀座通りのようにケバケバしくなく、昼も森閑と落ち着いていて、どこに人が住んでいるかと訝しまれるような、ひっそりした灰色の分厚な壁の建物の中に、ただウインドオのガラスだけが魚の眼のようにきらりと光って、それへ青空が映っている。街とはいうものの、それはあたかも博物館の歩廊のような感じである。そして両側のガラスの中に飾ってある商品も、鮮やかではあるが奇態に幽玄な色つやを帯びて、怪しくなまめかしく、たとえば海の底の花園じみた幻想を与える。ALL KINDS OF JAPANESE FINE ARTS : PAINTINGS, PORCELAINS, BRONZE STATUES, ……などと記した骨董商の看板が眼に留まる。MAN CHANG DRESS MAKER FOR LADIES AND GENTLEMEN ……こう書いてあるのは大方支那人の服屋であろう。JAMES BERGMAN JEWELLERY …… RINGS, EARRINGS, NECKLACES, ……というのもある。E & B Co. FOREIGN DRY GOODS AND GROCERIES …… LADY'S UNDERWEARS …… DRAPERIES, TAPESTRIES, EMBROIDERIES, ……それらの言葉は何だか耳に聞いただけでもピアノの音《おん》のように重々しく美しい。……東京からわずか一時間電車に乗っただけであるのに、非常に遠い所へ来たような気がする。……そして、買いたいと思う物があっても、寂然と扉を鎖した店つきを見ると、何となく中へはいるのが躊躇《ちゅうちょ》せられる。銀座あたりの商店ではそんな事はないのだが、これが外国人向きなのであろうか――この街のショオ・ウインドオはただ冷然と商品をガラスの奥に並べているだけで、「買って下さい」というような愛嬌がない。うす暗い店の中には店員の働いていそうなけはいもなく、いろいろな物を飾ってはあるが仏壇のように沈鬱である。――が、それが一層そこにある商品を不思議に蠱惑《こわく》的に見せるのでもあろう。

あぐりと彼とはその街通りをしばらく往ったり来たりした。彼の懐には金がある、そして彼女の服の下には白い肌がある。靴屋の店、帽子屋の店、宝石商、雑貨商、毛皮屋、織物屋、……金さえ出せばそれらの店の品物がどれでも彼女の白い肌にぴったり纏《まつ》わり、しなやかな四肢に絡《から》まり、彼女の肉体の一部となる。――西洋の女の衣裳は「着る物」ではない、皮膚の上層へもう一と重被《かさねかぶ》さる第二の皮膚だ。外から体を包むのではなく、直接皮膚へべったりと滲《し》み込む文身《いれずみ》の一種だ。――そう思って眺める時、到る所の飾り窓にあるものが皆《みんな》あぐりの皮膚の一と片《ひら》、肌の斑点、血のしたたりであるとも見える。彼女はそれらの品物の中から自分の好きな皮膚を買って、それを彼女の皮膚の一部へ貼り付ければよい。もしもお前が翡翠《ひすい》の耳環を買うとすれば、お前はお前の耳朶《みみたぼ》に美しい緑の吹き出物が出来たと思え。あの毛皮屋の店頭にある、栗鼠《りす》の外套を着るとすれば、お前は毛なみがびろうどのようにつやつやしい一匹の獣になったと思え。あの雑貨店に吊るしてある靴下を求めるなら、お前がそれを穿いた時からお前の足には絹の切れ地の皮が出来て、それへお前の暖かい血が通う。エナメルの沓を穿くとすればお前の踵《かかと》の軟かい肉は漆《うるし》になってピカピカ光る。可愛いあぐりよ！　あそこにある物はみんなお前という「女」の彫像へ当て篏めて作られたお前自身の脱け殻だ、お前の原型の部分部分だ。青い脱け殻でも、紫のでも、紅いのでも、あれはお前の体から剝がした皮だ、「お前」をあそこで売っているのだ、あそこでお前の脱け殻がお前の魂を待っているのだ、……お前はあんなに素晴らしい「お前の物」を持っているのに、なぜぶくぶくした不恰好のフランネルの服なんかにくるまっている!

「はあ、……このお嬢さんがお召しになる?――どんなのがよござんすかな。」

うす暗い奥から出て来た日本人の番頭は、そういいながらあぐりの様子をジロジロと見た。二人はとあるレデー・メードの婦人服屋へはいったのである。なるべくはいりよさそうな、小ぢんまりした商店を選んだので中はそんなに立派ではないが、狭い部屋の両側にガラス張りのケースがあって、それへ幾つもの出来合いの服が吊るしてある。ブラウスだのスカートだのが、――「女の胸」や「女の腰」が、――衣紋架けにかけられて頭の上に下っている。室の中央にも背の低いガラス棚がある。そしてそれにはペティコートや、シュミーズや、靴下や、コルセットや、いろいろのレースの小切れやらが飾られている。柔かい、ほんとうに女の皮膚よりも柔かい、チリチリとちぢれた縮緬《ちりめん》だの、羽二重だの、繻子《しゅす》だのの、滑かな冷や冷やとした切れ地ばかりである。あぐりは自分が、やがてそんな切れ地を着せられて西洋人形のようになるのかと思うと、番頭にジロジロ見られるのが耻かしくて、快活な、元気のいい彼女にも似ず妙に内気に縮《ちぢ》こまりながら、その癖「これも欲しい、あれも欲しい」というように眼を光らせる。

「あたし、どんなのがいいのか分らないけれど、……ねえ、どれにしようかしら?」

番頭の視線を避けるが如く岡田の蔭へ隠れながら、彼女は小声で、当惑したようにいう。

「そうですね、まあここいらならばどれでも似合うと思いますがね。」

そういって番頭は、白い、麻のような服をひろげた。

「どうです、ちょっとこれを当てがってみて御覧なさい、――そこに鏡がありますから。」

あぐりは鏡の前へ来て、その白いものをだらだらと頤の下へ垂らしてみる。そして、子供がむずかる時のような陰鬱な顔つきをして、上眼でじっと眺めている。

「どうだね、それにしたら――」

「ええ、これでもいいわ。」

「これは麻でもないようだが、何だね物は？」

「それはコットン・ボイルですよ、サラサラして着心のいいもんです。――」

「いくら？」

「そうですね、――ええとこれはと、――」

番頭は奥を向いて大きな声を出す。

「おい、このコットン・ボイルの服ぁ、こりぁいくらだっけね、――え、四十五円か？」

「体に合うように直して貰わなきゃならないが今日中には間に合わないだろうか？」

「え？　今日中に？　明日の船で立つんですか。」

「いや、そうじゃない、船へ乗る訳じゃないんだけれど、少し急ぐんだ。」

「おい、君、どうだい、――」

と、番頭はまた奥へ向いていう。

「今日中に直してくれっていってるんだが、直してやれるかい、――直せるなら直してやってくれ給え。」

ぞんざいな言葉づかいの、ぶっきらぼうな男であるが、親切な、人の好さそうな番頭である。

「じゃ、じきに直してあげますがね、どうしたってもう二時間はかかりますよ。」

「そのくらいは構わないよ、これから帽子や靴を買って来て、ここで着換えさして貰いたいんだ。洋服は始めてだもんだから何も分らないんだけれど、下へ着る物はどんな物を揃えるんだろう?」

「よござんす、みんな店にありますから一と通り揃えてあげます。――こいつを一番下へ着てね、(と、番頭はガラス棚からするすると絹の胸当てを引き出して)それからその上へこれを着けて、下へはこれとこれを穿くんです。こんな風に出来たのもありますが、こいつぁここが開いていないから、これを穿くと小便が出来なくってね、だから西洋人はなるべく小便をしないようにするんです。こいつは不便だからこの方がいいでしょう、これならここにボタンがあって、ほら、これを外せばちゃんと小便が出来ます。……このシュミーズが八円です、このペティコートが六円ぐらいです、日本の着物に比べると安いもんですが、これだって、こんな綺麗な羽二重ですよ、……それじゃ寸法を取りますからこちらへいらっしゃい。」

フランネルの布の上から、その下にある原型の円みや長さが測られる。腕の下や脚の周りへ革の物差が巻きついて、彼女の肉体の嵩と形とが検べられる。

「この女はいくらだね、……」

と、番頭がそういうのじゃないか、自分は今、奴隷市場にいるのじゃないか、そしてあぐりを売り物に出して、値を付けさせているのじゃないか、——岡田はふいとそんな気がした。

夕方の六時頃、彼とあぐりとは矢張その街の近所で買った紫水晶の耳環だの、真珠の頸飾だの、靴だの帽子だのの包みを提げて婦人服屋の店へ戻った。

「やあお帰んなさい、好い物がありましたかね。」

と、番頭はすっかり馴れ馴れしい口調でいった。

「もうみんな直っていますよ、あそこにフィッティング・ルームがあります、——さ、あそこへ行って着換えて御覧なさい。」

出来上った服、——しっとりと、一塊の雪のように柔かい物を片手にかかえて、岡田はあぐりの後についてスクリーンの蔭へはいった。等身の姿見の前に進んで、彼女は相変らずむずかしい顔をしつつも、静かに帯を解き始める。——

……岡田の頭の中にある「女」の影像がそこに立った。彼はチクチクと手に引っかかる軽い絹を、彼女に手伝って肌へ貼り着けてやりながら、ボタンを嵌め、ホックを押し、リボンを結び、影像の周囲をぐるぐると廻る。あぐりの頬にはその時急に嬉しそうな、生き生きした笑いが上る。……岡田はまたグラグラと眩暈《めまい》を感ずる。

……

蘿洞先生

「改造」大正十四（一九二五）年四月号

A雑誌の訪問記者は、蘿洞《らどう》先生に面会するのは今日が始めてなのである。それで内々好奇心を抱いて、もうさっきから一時間以上も待っているのだが、なかなか先生は姿を見せない。取次に出た書生の口上では「まだお眼覚めになりませんから」ということだった。寝坊な人だとは記者もかねがね聞いていたから、その積りで来たのだけれど、何ぼ何でも既に十二時半である。三月末の、彼岸桜が咲こうという陽気に、午過ぎまでも寝ている者があるだろうか。記者はそう思って、すき腹を我慢しながら、応接間の硝子戸越しに、うらうらと日の照っている庭の方を眺めていた。

東京の郊外の邸としてはそんなに広い庭ではないが、手入れはかなり行き届いている。せいの低い、煉瓦の柱の表門から、正面のポーチへ通ずる路の両側に躑躅《つつじ》が行儀よく植えられて、その向うには芝生がある。それから瓦で四角に仕切った花壇などもある。独身者の轟洞先生は、書生や下女を相手にして草花いじりをやるのだろうか。もっとも手入れが届いているのは庭ばかりでなく、たとえばここの応接間にしても、甚だ清潔で居心地がよい。A雑誌記者は職掌柄、学者や政治家や実業家や、いろいろの人の応接間を見たが、さすがにここの先生は長く西洋にいただけあって、額の懸け方、家具の置き場所、壁と窓掛けの色の調和など、よく考えてあるらしい。小ぢんまりした質素な部屋ではあるけれど、感じが何となくハイカラで、塵一本もないように掃除がしてあり、椅子の覆いやテーブルクロースも洗濯をしたばかりのように純白である。こうして見ると先生は潔癖家ではないのかしらん？それとも独身生活の人は、こういう事にかえって神経を使うのかしらん？

A雑誌記者はもともとこれという問題を持って来たのではないから、——というのは、毎号雑誌へ連載している「学界名士訪問録」の種取りに来ただけであるから、この家の主人に会う前に主人の趣味を検べておくのも、あながち無駄な仕事ではなかった。それに先生は気むずかしやで、わがまま者で、雑誌記者などが訪ねて行ってもめったに好い顔はしたことがない。機嫌が悪いとほとんどロクに口もきかないそうだから、まず先生の趣味の方から話題を作って打《ぶ》つかってみよう。——と、記者は記者なりに分別をきめて、もう三本目の敷島を吹かしながら、庭の様子を一と通り窺《うかが》った後、またジロジロと部屋の中を見廻し始めた時である、みしり、みしりと、老人のような重い足音が廊下に響いて、次には「えへん」という咳払いがして、ようやく蘿洞先生がはいって来たのは。

「なる程、これは噂に聞いた通り、余程気むずかしい人だな。」

記者は急いで吸いかけの煙草を灰皿に入れ、椅子から身を起し、「気を付け」のような姿勢を取って先生に敬意を表しながら、直覚的にそう感じた。先生の歳は四十五六、あるいは三四ぐらいでもあろうか。巾着頭《きんちゃくあたま》の、髪を綺麗に分けているので、小鬢《こびん》のところに白髪が二三本生えているのを気に止めなければ、それほどの歳のようには見えない。が、顔は太っているというよりは青《あお》ん膨《ぶく》れにふくれていて、それがむうッと、怒っているような感じを与える。おまけに眼瞼《まぶた》の脹れぼったそうにむくんでいるのが、一層その相を険しくしている。寝起きのせいでそう見えるのか、体の調子が悪いのであるか、腎臓病の患者にあるような厭な血色だと記者は思った。

「やあ、お待たせして失礼を。」

「はッ、お休みちゅうのところをどうも、……かえって恐縮に存じます。」

先生が椅子に就《つ》いたので、記者も再び、恐る恐る腰をおろした。

「――しかし、この辺は非常に閑静で、いい処のようでございますな。先生はもう長いこと、こちらにお住いでいらっしゃいますので？」

「長い――ええ、――そんなに長いことは、――」

「もう何年ぐらい？……二三年？……三四年ぐらい？」

「ええ、まあ、――」

ここで会話がポツリと途切れた。記者が出来るだけ遠慮深く、辞を低うして質問しても、先生の答は不明瞭で、物を半分しかいわない。のみならず、声が頗《すこぶ》る低音で、神経質な顫《ふる》えを帯び、語尾は曖昧に口の中へ消えてしまう。「傲慢な人」という評判であるが、話をするにも相手の顔をまともに見ないようにして、たまたま視線がカチ合うとすぐにその眼を外らしてしまう所など、何だかこう、処女のように小心で、臆病らしい素振りもある。

仕方がないから記者はしばらく沈黙して、その間に篤《とく》と先生の身なりを拝見することにした。全体、家の様子から考えてみて、主人も定めしこの庭園や部屋にふさわしい、キチンとした服装で出て来るだろうと予期していたのに、豈図《あにはか》らんや先生の身なりはちょっと記者にはえたいの分らぬ恰好である。あのだぶだぶした、裁判官か郵便局員が着ていそうな不思議な上《うわ》ッ張《ば》りを纏っているのは、何かしらん？ 腰から上はルパシカのようでもあり、支那服にも似ているけれど、襟《えり》の工合や、括《くく》り紐《ひも》の附いた袖口の塩梅《あんばい》がそのいずれとも違っている。西洋人が寝間着の上などへ引っ懸けるナイトガウンの類だとしても、あの括り紐が矢張可笑しい。地質は薄いぺらぺらした絹織物に相違なく、日本製でない珍しい品だということは分るが、一面に黒く垢光りがして、模様も何も判然しないほど汚れているのは、余程年数を喰ったものだろう。そしてその襟のはだけた下にフランネルと浴衣の重ね着をしている所を見ると、先生はまだ寝間着のままなので、そのぼろ隠しにこんな上ッ張りを纏ったのであろうか。相手が片々たる雑誌記者だと侮ったのかもしれないが、何にしてもこの物臭い風つきは小ざっぱりした部屋の空気に調和しないばかりでなく、轟洞先生の威厳を損ずる。せめて襟だけでもちゃんと掻き合わせていればいいのに、それがだらしなく弛んでいて、頸《くび》の周りから胸板の方まで露われているのは、不精ッたらしくて感心されない。

その胸板を見たついでに、記者は先生の円々と肥えた体つきにも注意したが、肥えてはいるものの、事実は顔と同じようにむくんでいるのか、さもなければ脂肪太りに太っているので、健康な肥え方ではないようである。それにさっきから気を付けていると、時々先生は「げッぷ」という音をさせて、味噌汁臭いおくびをする。洋行をした先生にも似合わぬ無作法な話だけれど、多分たった今、遅い朝飯を腹一杯たべたのであろう。「ははあ、なる程、この様子では腎臓よりも胃が悪いのじゃないのかな」と、記者は思った。そして自分の空腹に比べて、先生の胃の腑の病的な飽満状態が、羨ましいような、面憎いような気がした。

「あの、ただ今拝見いたしますと、お庭の方に花壇があるようでございますが、……」

「うん、ある。」

と、先生はいった、とたんにチラリと偸《ぬす》むように記者の顔を一瞥《いちべつ》して、やがて瞳を遠い所へ据えたのは、大方問題の花壇の方を見ているのだろう。庭の明りがさし込んで来るので、土気色《つちけいろ》をした先生の顔にも、さすがに一脈の春の光が反射している。

「大分陽気が暖かになって参りましたが、これからそろそろ園芸などには好い季節でございますな。」

そういったが、手答えがないので、記者は二の句を附け足さなければならなかった。

「花壇には主に、どういう花をお作りになるのでございましょう?」

「さあ、別段どうといって、……」

「先生御自身で種をお蒔きになりますので?」

「う、……ああ、……」

「はあ、左様で、」

よくは分らなかったけれど、記者は独り合点をして、

「何かもう少うし、そういう方面のお話を伺えませんでしょうか? 花の話、園芸趣味といったような事でも、――」

「うん、……そういうことには余り興味がないもんだから、……」

「でも、どういう花がお好きだとか、お嫌いだとかいうようなことは?」

「好きといえば大概な花は好き――というよりほかはない。……」

その時先生はまたおくびをした。そして言葉尻と一緒に、それをもぐもぐと嚥《の》み下した。

これは余程変った人だ、随分気むずかしい人間にも会ったが、こんな奇妙な癖のある人を見たことがない。――記者はつくづく呆れたような表情で、あたかも珍しい動物か何かを眺めるように、先生の顔を覗き込んだ。覗き込まれても先生は平気で、知らん顔をして横を向いている。「口を利くのは大儀だが、顔ならいくらでも見せてやる」と、いったような態度である。一体この人には神経というものがあるのかしらん？ どんな人間でも他人と応対をする場合に、ちょっとぐらいは愛想笑いを洩らすものだのに、この先生は決して洩らさない。その無愛想がまた普通とは違っていて、たまには笑おうと努めるのだけれども、笑いかけるとすぐに笑いが消えてしまうのではないだろうか？ その証拠にはおりおり口もとをピクピクさせて、笑いの出来損いのような痙攣《けいれん》を起す。「笑わないでは悪いだろうか、いや、笑ったところで面白くもない」と、二途に迷っているようでもある。そして何事をたずねられても、気乗りのしない、詰まらなそうな顔をしている。まあなるべくなら下らない質問はやめて貰って、早く帰って貰いたそうだが、時々わざと聞えよがしにほっと溜息をつくばかりで、断然「帰ってくれ」とはいわない。気の弱い人が保険会社の勧誘員に摑まったように、向うが退却しない限りはこっちも根気よく生返事を繰り返しながら、一日でも二日でも堪《こら》えていようという風である。

「誠に恐れ入りますが、では先生の日常の御生活、——たとえば朝は何時にお眼覚めで、夜は何時にお休みになるとか、主にお仕事をなさいますのは何時頃であるとか、いうようなことでも伺わせて戴きましょうか。」

少しく大胆になった記者は、これなら返事が出来ないはずはなかろうと思いながら、ポッケットから手帳を出して、エヴァーシャープ・ペンシルを握った。

「いかがでございましょう？　お忙しいところを御迷惑ではございましょうが、——」

「いや、忙しいことはないんだが、」

「はあ、左様で。——すると、お眼覚めになりますのは大概何時頃？——朝は御ゆっくりの方だと伺ってはおりますけれど、」

「朝は遅い。」

「はあ、——では何時頃？　十一時？　十二時頃？」

「うん、」

「はあ、はあ、」

と、記者は手帳へ書き留めながら、

「それでは自然、夜分おそくまでお眼覚めでございましょうな。」

「夜は遅い。」

「はあ、何時頃？」

「三時頃。」

「はあ、三時頃。――しかし、大学の方へお出かけになる日は、朝もいくらかお早いのではございませんか。」

「う、……ああ、……なあに、そんなでもない。」

「そういたしますと、先生の講義はいつも午後なのでございましょうか。……ははあ、いつでも午後に。……それで、大学の方は一週に何度ぐらい？」

「二度。」

「ははあ、それは何曜日と何曜日に？……はあ、水曜と金曜。……で、そのほかの日は、日課としては主にどういうような事を？　矢張書斎で読書をなさいます時が一番多いのでございましょうな。」

「うん、まあ、そんなような事が、……」

「書物はどういう種類のものを？　矢張専門の、哲学の方の物ばかりを？」

「う、……ああ、」

先生の「う、……ああ」に釣り込まれて、ここまで暖簾《のれん》と腕押しをしてしまった記者は、この時急に気が付いて、

「あ、そうそう、」

と、慌てていった。

「そういえば先生は、近々大学をお罷《や》めになるというような噂がございますが、事実なのでございましょうか。」

「うん、事によったら、……」

「どういう理由で？……学校に対して御不満なことでもおありになるというようなな？……」

「さあ、……出ても詰まらんもんだから。」

「すると今後は、御著述の方へ全力をお尽しになりますので？」

「さあ、気が向いたら、……何か雑誌へでも書くかもしれんが、……」

「ははあ」

といって、また行き止まりへ追い込まれた記者は、あれかこれかと考えながら、落し穴からもがき出るように肩を揺《ゆす》った。

「ええと、……ところでこれは甚だ突飛《とつぴ》な質問で、失礼でございますけれど、先生のような日常生活、――静かに、孤独に、毎日書斎に閉じ籠って書物を友としていらっしゃる、――一と口にいえば独身主義の生活について、何か御感想が拝聴出来れば結構なのでございますが、……」

こういったとて無論すらすらと答えてくれる先生ではないから、記者は続いておッ被せた。

「定めしこの、家庭の煩累《はんるい》などがおありにならないと、思索などをなさいますには、かえってよくはございますまいか。」

「うん、それはいい。」

「しかし、一面に於いて淋しさをお感じになるようなことは？」

「淋しいのには馴れちまったから、……」

「すると、こういう独身の御生活の方が、サッパリしていて気持がいいという風に？」

「うん、サッパリしている。」

「で、気持がいい？」

「うん。」

「はあ、なる程、……それでも時々訪問者はございましょうな、学生だとか、または友人の方々《かたがた》であるとか。」

「めったにない。」

「ははあ、――それから、あのう、お宅は何でございますか、お見受け申しましたところ、お掃除などがよく行き届いておりますようですが、こういう事は誰方《どなた》がおやりになりますので？」

「書生にやらせる。」

「はあ、書生さんがお掃除を？――で、女中さんはお幾人？」

「二人おる。」

「では、書生さんが一人に女中さんが二人、それに先生と、四人暮らしでいらっしゃいますので？」

「そう、四人暮らし、……」

「もっとも何でございますな、先生お一人のことですから、それで十分でございますな。——いや、こういうところを拝見しますと、サッパリしていて気持がいいと仰っしゃいますのが、わたくし共にもよく分るような気がいたします。」

「……」

今度は先生は返事をしない。そして溜息をついたかと思うと、鼻の孔を少しひろげて、生あくびをした。

そろそろ帰れという謎かな。——すき腹を我慢している記者は、催促がなくとももう好い加減で退却する積りであったが、実はこうまでぶッきらぼうな扱いを受けると、記者も人間である以上、多少は意地にならざるを得ない。まだ何かしらこだわってやることはないだろうか、もう二三十分蒟蒻《こんにゃく》問答を続けてやりたいと、そう思いながら彼はわざとぐずぐずしていた。が、先生はあくびをしてしまうと、依然として詰まらなそうに、庭の花壇の方を見ている。外の明りが顔にきらきら照り映えるので、眼を細くして、むうッと澄ました恰好は、日向《ひなた》ぼっこをしている猫の感じである。

「そういえばこの頃、過激思想の取締りということが、大分政治家や学者の間でやかましいように存じますが、あれについて先生のお考えは？」

「う、……う」

これから先は、何を聞いても先生はただ呻《うな》るだけだった。過激思想から露西亜の宣伝防止問題、普通選挙、デモクラシーと哲人政治、果ては文部省の仮名遣い案、ローマ字問題まで持ち出してみたが、結局不得要領の「う、……ああ」で受け流されてしまい、記者は御苦労にも一人相撲を取ったのであった。


記者が応接間を辞したのはそれから数分後であったが、何だか余り業腹《ごうはら》でもあり、まだこれだけでは記事の材料が足りないような気がしたので、表門を出ると小さな塀の外側を廻りながら、もう一度よくこの邸の建て方や、構えの内外を観察した。家は灰色の壁を塗った、わりに新しい洋館で、なる程四人で住むのにはちょうど手頃な、平家建ての造りである。記者はだんだんその塀に沿うて雑木林の丘を控えた後ろの方へ廻って行くと、裏は疎らな扇骨木《かなめ》の生け垣になっていて、垣根の中がすっかり覗かれる。多分あそこの、煙突から煙の出ている部屋が先生の書斎なのだろう。そういえば北側で、日あたりの悪い、陰気な室を択んだところは先生らしい、——と、記者がそんなことを考えているとたんに、ガチャン、ガチャンと、吸上ポンプで井戸の水を汲む音がした。ハテ、と思ってそっちを見ると、井戸端にしゃがみながら、十五六の小女《こおんな》が寝間着のままで歯を研いている。小女は楊枝《ようじ》を使ってしまうと、金盥《かなだらい》へ水を取って、タオルでぞんざいに顔を洗ったが、それなり台所の方へは行かずに、すたすたとこっちへ歩いて来て、裏庭へ降りるドーアを開けて、紅い鼻緒のぴたんこな下駄を石の階段の上へ脱ぎ捨て、ついと書斎の中へはいった。

記者が覗いている生垣の前を通ったのはほんのわずかな間《ま》だったから、勿論よくは分らなかったが、しかし女中が、今頃起きて歯を研くのはどうも可笑しい。それに勝手口が向うにあるのに、寝間着であの部屋へはいるというのがちょっと奇妙だ。するとあの小女は何かしらん？「女中は二人」といったからそのうちの一人？小間使い？そう、まあ小間使いという柄だけれど、体のこなしに伸び伸びとした、奉公人臭くないところもあって、顔色が少し青白かった。では先生の「何か」かしらん？いやそれにしては子供過ぎる、どう見てもまだ十五六だ。……

けれども記者の好奇心は、矢張それだけでは済まされなかった。で、もう裏庭に誰もいないのを幸いに、そっと垣根に附いている木戸をくぐり、そこに生えていた八つ手の葉蔭に身を隠しながら、問題の部屋の窓の下まで這って行って、こっそり首だけ出して見ると、好い塩梅《あんばい》に二枚のカアテンが、まん中でよじれて微かに割れている。その割れ目へ片眼を附けて中を窺うと、果してその部屋は書斎であった。一方の隅に石炭が赤く燃えているストーヴがある。壁一面に、天井へとどくくらいな書棚があって、本がぎっしり詰まっている。それから、室の中央には、牛肉屋の俎板《まないた》のような大きなデスクが頑張っている。ところで轟洞先生はさっきの上ッ張りを腰のあたりまでまくり上げて、そこから下にフランネルの寝間着を露わし、デスクの上へ腹ん這いになっている。小女はというと、先生の背中へ腰をかけて、両足をぶらんぶらんデスクの下へ垂れながら、先生の頭をコツンコツン叩いたり、頬ッぺたを摘まんだり、口の中へ指を突っ込んだりしているのだが、しかしふざけているのとは違う。小女の表情は陰鬱で、真面目くさって、あたかも義務的の仕事を課せられているようである。その顔は、——いや手も足も、きゃしゃで青白い。同様に先生の顔も以前の如く、何の変哲《へんてつ》もない土気色を帯び、膨《ふく》れッ面《つら》を小女の勝手にいじくらせてはいるけれども、それがいかにも詰まらなそうである。

間もなく小女は、なお先生の胴体の上に腰かけたまま、小さな一本の籐の笞《むち》を取り上げ、片手で先生の髪の毛を摑み、片手で先生の太った臀をぴしぴしと打った。すると先生はその時始めて、少しばかり生き生きとした眼つきをして「ウー」と呻ったようであった。――この光景を物の半時間も覗いていた記者は、変な気がして、コソコソ逃げるように裏庭を出た。

解題

千葉俊二

谷崎潤一郎の文学は、マゾヒズムとフット・フェティシズムによって特色づけられる。谷崎文学の出発点に位置づけられる『刺青』には、「駕籠の簾のかげから」こぼれた「真っ白な女の素足」が描きだされ、主人公の刺青《ほりもの》師清吉の鋭い目には「人間の足はその顔と同じように複雑な表情を持って映った」とある。それは「彼にとっては貴き肉の宝玉」であり、その足をもつ女こそ「彼が永年たずねあぐんだ、女の中の女」だった。

　また最晩年の傑作『瘋癲老人日記』では息子の嫁の、老人が愛する颯子の足型を拓本にとって墓石に彫り、その「仏足石」のもとに永遠の眠りにつくことを夢みる老人を描いた。フット・フェティシズムこそは谷崎文学を貫く聖なるイコンである。

　フェティッシュとは人の心を魅惑するモノのことである。宗教的には呪物であったり、経済的には商品であったりするが、性的フェティシズムといわれるものは、異性の肉体の一定の部分や、女性が身につけている衣服の断片あるいはそれと密接な関係にある物体などに性的な興味が集中し、それらに異常な強度をもって性欲を刺戟される倒錯症である。

斎藤光「『性的フェティシズム』概念と日本語文化圏」によれば、一八八七年にアルフレッド・ビネが「愛におけるフェティシズム」という論文で、正常の個人がまったく性的な関心を向けないような物的対象を見て強度の性的興奮を示す「変質者」を、「フェティシズム」という用語でカテゴライズすることを提唱したという。一八八六年に出版されたクラフト＝エビングの『性的精神病質』初版にはフェティシズムへの言及はなかったが、一八八九年に刊行された四版にはフェティシズムの概念が導入され、九一年の六版以降、フェティシズムはサディズム、マゾヒズム、同性愛とともに「性倒錯」の範疇《はんちゅう》に位置づけられたという（田中雅一編『フェティシズム論の系譜と展望』所収）。

谷崎は大学時代にクラフト＝エビングの『性的精神病質』（邦題『変態性慾心理』）と出会っている。谷崎が読んだのは上野図書館に収蔵された第十版の英訳であったようであるから、『富美子の足』に「Foot-Fetichist の名を以て呼ばるべき人々が、僕以外にも無数にあるという事実を、つい近頃になってある書物から学んだ」という「ある書物」が、エビングの『性的精神病質』だったと見て間違いない。

エビングの著書との鮮烈な出会いについては、「中央公論」大正三年九月号の『饒太郎』に詳しいが（『マゾヒズム小説集』解題を参照）、マゾヒズムにしろフェティシズムにしろ谷崎文学を特徴づける性的倒錯の要素は、クラフト＝エビングの『性的精神病質』から学び、その圧倒的な影響をこうむっているようだ。というより、谷崎はエビングの著書によって自己のうちに潜在する欲望を自覚化させられ、それらの性癖が必ずしも個人的に局限されるものでなく、ある普遍性をもつことを知り、自己の文学の方向性をも定めていったのだと思われる。

フェティシズムが部分によって性的対象の全体を代理するものだということは容易に想像し得るが、フェティシストが理想とする全体とは何か。フロイトによれば、ペニスをもった母親という理想がフェティシストの幻想世界に埋めこまれており、ペニスのない身体の発見にともない、去勢不安から本来の理想つまり母親のペニスを維持したいという願望が、フェティッシュという代理物を形成させるのだと指摘した（「フェティシズムについて」）。このフロイトの理論を受けいれるかどうかは別にして、フェティシズムについて考えるヒントを与えてくれる。

ジル・ドゥルーズは、「否認と宙吊りの過程と定義されるフェティシスムは、本質的にマゾヒスムに属している」（『マゾッホとサド』）といっている。つまりペニスのない母親といったものをあくまで否認し、その否認の仕草によってこの現実世界を宙吊りにし、「幻影の中に宙吊りにされた理想的なるものに向って自分を拡げること」が、フェティシストにとってもマゾヒストにとっても大事なのだと指摘する。それはそのまま「マゾヒズムの法学的精神」に重なるし、また谷崎文学にも顕著なイデアリズムに通じている。

たとえば、『刺青』において主人公清吉の内部にはすでに「光輝ある美女」の姿かたちが刻印されている。それは彼にとってイデアにも等しい輝きをもつものだ。のちに娘に見せる二本の巻物の画にその具現化されたかたちを見ることができるが、その理想的なるものへ向かう通路が「駕籠の簾のかげから」こぼれた「真っ白な女の素足」である。

しかし、それは「彼にとっては貴き肉の宝玉」であり、この足をもった女こそ

「彼が永年たずねあぐんだ、女の中の女」であるけれど、現実はそのままに正当な権利主張が認められるわけではない。清吉が生身の娘に対面したとき、麻酔剤で娘を睡《ねむ》らせ、自己の理想世界にふさわしい「ほんとうの美しい女」とするためにその背中へ刺青をほどこしたように、現実はいったん否認され、宙吊りにされて、新たな想像の地平に構築された幻影のうちに全体は回復されなければならないのだ。

十八世紀のフランス作家レチフ・ド・ラ・ブルトンヌは、ドイツの性科学者イヴァン・ブロッホによって足と靴のフェティシズムに「レチフィズム」という名が与えられたほどの足（靴）フェティシズムの作家として知られる。生田耕作「レチフと靴フェティシズム」（昭和四十四年一月「血と薔薇」第2号）によれば、ブルトンヌは次々と女性遍歴を重ねた稀代の漁色家であったにかかわらず、生涯にただひとりの女性より愛したことはなかった。

わが国の二十世紀の稀代のフット・フェティシスト谷崎も、ブルトンヌと同じく生涯で愛した女性はたったひとりではなかっただろうか。それは『刺青』において「彼が永年たずねあぐんだ、女の中の女」と語られる「女」であり、『青い花』で「彼の頭の中は（中略）真ッ黒な天鵞絨《びろうど》の帷《とばり》を垂らした暗室となる、——そしてその暗室の中央に、裸体の女の大理石の像が立っている。その『女』が果してあぐり、であるかどうかは分らないけれども」と描かれる、主人公の頭のなかにある「女」である。

いずれにしろフェティシズムの快楽は、現実的な肉体の満足以上に想像力によるところが大きい。そうしたフェティシズムが小説家としての谷崎に有利にはたらいたことは疑いなく、その作品に描きだされるさまざまなフェティッシュは燦然《さんぜん》とした輝きを発しつづけている。

「刺青」一九一〇(明治四十三)年、「新思潮」(第二次)十一月号に発表。小説家としての実質的なデビュー作であるこの作品には、後年開花することになる谷崎文学のあらゆる要素がつめこまれている。「駕籠の簾のかげから」こぼれた「真っ白な女の素足」を描いたところに、生涯にわたって谷崎がこだわりつづけたフット・フェティシズムが鮮烈に徴《しるし》づけられている。また背中に刺青をほどこした女が折からの朝日に燦爛と輝き、それを主人公が拝跪するところにはマゾヒズムの典型的な構図が見てとれる。三島由紀夫は「現実の女の背中に刺青を施して、その変容によって美と力を女に賦与するあの『刺青』を、文学的出発とした谷崎氏は」「一等最初に文学上の永久機関（パーペテュアル・モビール）を発明してしまったのだ。あとに残る困難は、言葉と文体、芸術家のメティエ（技巧）の困難に他ならない」（「谷崎潤一郎論」）と論じた。

「悪魔」一九一二（明治四十五）年、「中央公論」二月号に発表。それまで物語性の強い浪漫的な作品を書きつづけてきた谷崎は、この作品によってはじめて写実的な作風を試みた。「『悪魔』を書いたら、穢《きたな》いと云って攻撃された。耽美派の一人なるが故に、きれいな小説を書かねばならないのなら、私は『耽美派』と云う称呼を呪いたく思う」（「羹《あつもの》前書」）とみずからいっている。この作品が発表されたとき、恋する女の鼻水でくちゃくちゃとなったハンカチをペロペロとなめる場面の醜悪さが問題とされたが、これはクラフト＝エビングも言及しているマゾヒズムに往々ともなう、不潔なものを狂崇愛好するコプロラグニーの一種である。いわば「秘密な楽園」への裏口といえよう。

「憎念」一九一四（大正三）年三月に刊行された『甍』に収録。日ごろ仲の良かった丁稚の安太郎が手代に折檻を受けたときの鼻の孔の醜さがきっかけとなって、彼を憎みはじめるというもので、鼻を削ぎ落とされた武将の首に異様な性的興奮を覚える主人公を描いた『武州公秘話』からもうかがえるように、谷崎にとっては足と同様に、鼻もフェティッシュのひとつであった。足が美と理想を表象するのに対して、どちらかといえば鼻は欠損や醜悪さによって性欲を刺戟するアンチ・フェティシズムとして作用している。末尾で「恋愛」と同じく「憎念」も「性慾の発動」にかかわるものとの認識が語られるが、「私は安太郎という人格の存在を忘れて、彼の肉体の部分部分に刹那的の興味を覚え」たというところには、フェティシズムが発動するメカニズムの機微をうかがい知ることができる。

「富美子の足」一九一九（大正八）年、「雄弁」六月号—七月号に発表。愛する女性の足に踏まれながら息を引き取る老人の姿を描いたこの作品は、谷崎文学のフット・フェティシズムとマゾヒズムの関連をストレートに、正面切ってテーマとしたものである。マゾヒストが多くフット・フェティシズムをともなうことが知られているが、それは女性の足で踏まれることがマゾヒスティックな快楽をもたらすからでもあろう。老人が病臥してからは、自分に代わって画家の青年と富美子が、かつて自分たちがしていたような遊びをすることを眺めながら悦ぶということは、老人が愛していたものが富美子それ自身ではなく、富美子の足をとおして喚起されるみずからの空想世界であることを示している。愛する女性の「仏足石」のもとに永遠の眠りにつくことを夢想する老人を描いた、最晩年の傑作『瘋癲老人日記』を先取りする作品である。

「青い花」　一九二二（大正十一）年、「改造」三月号に発表。長いあいだの「歓楽と荒色の報い」で精神的にも肉体的にも衰弱しきった中年男が、若い愛人を連れて銀座や横浜の元町を歩くとき、その衰弱した神経によって喚起されるさまざまな妄想を描いた、モダニズム時代の谷崎文学を代表する短篇。この二年後に前期の谷崎文学を集大成する『痴人の愛』が書き出されるが、その先蹤《せんしょう》をなしている。西洋の女の衣裳は「着る物」ではなく、「直接皮膚へべったりと滲み込む文身《いれずみ》の一種」といい、主人公は愛人に和服を脱ぎ捨てさせ西洋の衣裳という「文身」をまとわせるが、これは『刺青』の娘から美しい妖婦への変貌と同工異曲である。愛人の美しい手足と同様、その身にまとう洋服はひとつひとつフェティッシュな輝きを発する。

「蘿洞先生」　一九二五（大正十四）年、「改造」四月号に発表。これまでマゾヒストの内面に巣くった秘密の快楽を描くことに主眼をおいてきた谷崎が、その生態を外側から観察して、マゾヒストの生理を描きだしたもの。谷崎自身の自虐的な自画像といえる。

鑑　賞

KIKI

　私が谷崎潤一郎の作品に初めて触れたのは十八、十九歳の学生時代。ちょうどモデルをはじめたころのことで、年上の女性から、たぶん好きな感じだと思うから読んでみて、と言い添えられ、『鍵』という作品を薦《すす》められたのがきっかけです。『鍵』は、片仮名と漢字で構成された夫の日記と、平仮名と漢字の妻の日記とが交互に書かれている小説。その形式がまるで舞台を見ているかのようで、当時、「こんな小説があるんだ！」とびっくりしたことを覚えています。そして『鍵』との出合いを機に、私は谷崎潤一郎の作品世界にはまり、その後、『痴人の愛』『細雪』といった長篇小説を読んだのでした。

　それからしばらく谷崎作品から遠ざかっていましたが、久しぶりにこの『谷崎潤一郎フェティシズム小説集』で作品に接しました。本書に描かれているフェティシズム的な要素には、あたかも生きて動いているかのようななまめかしい印象があって、その部分が特に面白かった。そして、いまごく当たり前に使われている「フェチ」という言葉が、いかに「なんちゃってフェチ」であることか、と私は痛感しています。本書を読めば、ここに〝フェティシズムの真髄〟が宿っている、と実感することでしょう。やっぱりここまでやらなければ、本当のフェティシズムとは言えないのです。とにもかくにも、いずれの作品も強烈なものばかりだったので、十代の終わりのころに読んだ谷崎作品の記憶は、本書で完全に一新されてしまいました。

この短篇集に収められている作品群からは、作者である谷崎潤一郎自身の嗜好がかなり濃厚に感じられます。私は、マゾヒズムとフェティシズム、そしてサディズム的な性質も感じとることができた。その嗜好が作品にあまりにも強くあらわれているせいか、まるで物語のなかに谷崎が存在しているようで、本のなかから本書を読む私たちの姿を、そして私たちの嗜好までも覗かれているような感覚すら覚えてしまったほどです。虚と実が入り混じっているかのような作品たちに、物語として描かれた内容のどこまでが谷崎の創作でどこからが谷崎が経験した現実なのか、その境界線はどこに引かれているのか、と混乱しつつも、私は想像力を強く掻き立てられました。

この六篇の物語には実に様々な人物が登場します。一見、強烈なキャラクターとばかり思える人物たちですが、彼らが持ち合わせている性格や性質には、誰もがそのどこかに共感できるであろう要素がちりばめられていて、読むほどにそれが立ち現われてきます。

私は『刺青』に登場する娘に「あ、なんかわかるな」と感じるものがありました。彼女は刺青を背負うことによって、どんな男でもとりこにできる力を手にした。そこには、刺青を彫られる痛みに耐えて耐えて、耐え抜いた先に快楽がある、そんな意味も同時にこめられているように思います。『刺青』の娘が持つ女性としての我慢強さと、その我慢が限界に達したときに爆発したり、自らが選んだ道を突き進んでいくところに、私は共感を覚えました。

また、『青い花』に登場する激しい妄想癖を持った男は、年の離れた若い女性の前では彼女を支配することに快楽を得ているフシがあるけれど、心のなかはと言えばマゾヒスティックな被害妄想ばかり。こんなふうに、ひとりの人物のなかにサディズムとマゾヒズムという相反する要素が混ざり合って存在しているところにも、興味をひかれました。

そして、作品として私が最も好ましく読んだのは『富美子の足』。六作品いずれにも、それぞれ執着する要素が描かれているのですが、『富美子の足』の執着はそのなかでも際立って、きれいだな、という印象を私に残しています。

『富美子の足』は「僕」が先生に宛てて書いたお手紙形式の小説（私、やっぱりこういう形式が好きなんです）。作品は「僕」の一人称で書かれているのですが、登場人物の僕、隠居、富美子、三人の関係性のバランスは絶妙で、物語にとても入りやすかった。一人のフェティシストとその歓びをただ一方的に描くのではなく、登場する三人それぞれの嗜好がバランス良く物語に描きだされ、まるで主人公が入れ替わるかのような感覚に、私は飽きることなく作品世界に引きずり込まれていってしまいました。主人公が自在に入れ替わる感覚には、人間の個性はそれぞれ違うように見えて結局は同じなんじゃないか、と思わせるものがあり、人間の立場というものはちょっとしたことであっけないほどに逆転してしまうのだ、といった駆け引きの妙をとても面白く読みました。

『富美子の足』も、『青い花』同様、フェティシズムだけではなくサディズムとマゾヒズムの要素も混在していて、それがさらに物語に奥行きを生んでいます。

谷崎潤一郎は、私たちが口に出して言えない恥ずかしいことを代弁するように書いてくれた、そんな気がしています。けれど、おそらく谷崎自身は、恥ずかしいことを書いている、という自覚を全く持っていなかったことでしょう。だって、ここまですがすがしく書かれているのだから。だからこそ、私たち読み手もすがすがしく読めるのだと思うし、すがすがしく共感できるのだと思うのです。

本書に収められた作品は明治末期から大正時代に書かれたものだけれど、その感性は現在においてもなお新しく、みずみずしさにあふれています。その時代の文学に触れたことがない人でも、本書ならば抵抗なくすっと入りこめることでしょう。私が谷崎作品を何の先入観も持たずに読み、強い衝撃を受け、新しい世界と出合った喜びを得たように、本書を手にした人も谷崎作品に衝撃を受け、そして新しい世界の扉を開いてほしいと思います。

ひょっとしたら、もうこの本に書かれている世界を知っている、なんて人もいたりして。だとしたら、ちょっと怖い（笑）。

本書は中央公論社版『谷崎潤一郎全集』（一九八一～八三年）を底本とし、新たに編集したオリジナル文庫です。表記に関しては、現代かなづかいに変え、若い読者にとって難読と思われる漢字をひらがなにするなど、読みやすさを考えて適宜改めました。

編集協力
千葉俊二
挿画・撫子凜
本文デザイン・沼田里奈
中里和代

〈読者の皆様へ〉

本書には「気狂い」「気違い」「狂人」などの精神障害者に対する差別語、「盲目的」「不具者」などの身体障害者に対する差別語、及びこれに関連した差別表現があります。これらは差別を拡大、助長させる言葉で現在では使用すべきではありませんが、本作品が発表された時代(一九一〇～二五年)には、社会全体として、人権や差別に関する認識が浅かったため、このような語句や表現が一般的に使われており、著者も差別助長の意図では使用していないものと思われます。また、著者が故人のため、作品を改変することは、著作権上の問題があり、原文のままといたしました。

(編集部)

谷崎潤一郎の本

谷崎潤一郎犯罪小説集

精神の混濁した青年が、銭湯の中で一緒に暮らす女の死体を踏んだと思い込む『柳湯の事件』他3編を収録。大正年間に書かれたとは思えないリアルなミステリ小説。

集英社文庫

谷崎潤一郎の本

谷崎潤一郎マゾヒズム小説集

谷崎文学に流れるマゾヒズムに焦点をあて、人間の心に潜む〝魔性〟を刺激する短編集。「少年」「幇間」「麒麟」「魔術師」「一と房の髪」「日本に於けるクリップン事件」の初期傑作6編を収録。

集英社文庫

集英社文庫　目録（日本文学）

田中啓文　さもしい浪人が行く　元禄八犬伝 一
田中啓文　天下の豪商と天下のワル　元禄八犬伝 二
田中啓文　歯噛みする門左衛門　元禄八犬伝 三
田中啓文　天から落ちてきた相撲取り　元禄八犬伝 四
田中啓文　討ち入り奇想天外　元禄八犬伝 五
田中啓文　十手笛おみく捕物帳
田中優子　世渡り万《よろづ》の智慧袋　江戸のビジネス書が教える仕事の基本
田辺聖子　花衣ぬぐやまつわる…(上)(下)
田辺聖子・工藤直子　古典の森へ　田辺聖子の誘う
田辺聖子　夢渦巻
田辺聖子　鏡をみてはいけません
田辺聖子　楽老抄　ゆめのしずく
田辺聖子　セピア色の映画館
田辺聖子　姥ざかり花の旅笠　小田宅子の「東路日記」
田辺聖子　夢の櫂こぎ　どんぶらこ
田辺聖子　愛を謳《うた》う

田辺聖子　あめんぼに夕立　楽老抄Ⅱ
田辺聖子　愛してよろしいですか？
田辺聖子　九時まで待って
田辺聖子　風をください
田辺聖子　ベッドの思惑
田辺聖子　春のめざめは紫の巻　新・私本源氏
田辺聖子　恋のからたち垣の巻　異本源氏物語
田辺聖子　ふわふわ玉人生　楽老抄Ⅲ
田辺聖子　恋にあっぷあっぷ
田辺聖子　返事はあした
田辺聖子　お気に入りの孤独
田辺聖子　お目にかかれて満足です(上)(下)
田辺聖子　そのときはそのとき　楽老抄Ⅳ
田辺聖子　われにやさしき人多かりき　わたしの文学人生
谷　瑞恵　思い出のとき修理します
谷　瑞恵　思い出のとき修理します2　明日を動かす歯車

谷　瑞恵　思い出のとき修理します3　空からの時報
谷　瑞恵　思い出のとき修理します4　永久時計を胸に
谷　瑞恵　木もれ日を縫う
谷川俊太郎　わらべうた
谷川俊太郎　これが私の優しさです　谷川俊太郎詩集
谷川俊太郎　ONCE　―ワンス―
谷川俊太郎　谷川俊太郎詩選集 1
谷川俊太郎　谷川俊太郎詩選集 2
谷川俊太郎　谷川俊太郎詩選集 3
谷川俊太郎　二十億光年の孤独
谷川俊太郎　62のソネット＋36
谷川俊太郎　谷川俊太郎詩選集 4
谷川俊太郎　私の胸は小さすぎる　恋愛詩ベスト96
谷川俊太郎　いつかどこかで　子どもの詩ベスト147
谷崎潤一郎　谷崎潤一郎犯罪小説集
谷崎潤一郎　谷崎潤一郎マゾヒズム小説集

集英社文庫　目録（日本文学）

集英社文庫　目録（日本文学）

辻仁成　日付変更線(上)(下)
辻仁成　父 Mon Père
辻原登　許されざる者(上)(下)
辻原登　東京大学で世界文学を学ぶ
辻原登　韃靼の馬(上)(下)
辻原登　冬の旅
津島佑子　ジャッカ・ドフニ　海の記憶の物語(上)(下)
辻村深月　オーダーメイド殺人クラブ
堤堯　昭和の三傑　憲法九条は「救国のトリック」だった
津原泰水　蘆屋家の崩壊
津原泰水　少年トレチア
津村記久子　ワーカーズ・ダイジェスト
津村記久子　深澤真紀　ダメをみがく　"女子"の呪いを解く方法
津本陽　月とよしきり
津本陽　龍馬　一　青雲篇
津本陽　龍馬　二　脱藩篇

津本陽　龍馬　三　海軍篇
津本陽　龍馬　四　薩長篇
津本陽　龍馬　五　流星篇
津本陽　最後の武士道　幕末維新傑作選
津本陽　巨眼の男　西郷隆盛1～4
津本陽　深《じん》重《じゅう》の海
津本陽　下天は夢か　一～四
津本陽　まぼろしの維新　西郷隆盛、最期の十年
手塚治虫　手塚治虫の旧約聖書物語①　天地創造
手塚治虫　手塚治虫の旧約聖書物語②　十戒
手塚治虫　手塚治虫の旧約聖書物語③　イエスの誕生
寺地はるな　大人は泣かないと思っていた
寺地はるな　水を縫う
天童荒太　あふれた愛
戸井十月　チェ・ゲバラの遥かな旅
戸井十月　ゲバラ最期の時

藤堂志津子　かそけき音の
藤堂志津子　昔の恋人
藤堂志津子　秋の猫
藤堂志津子　夜のかけら
藤堂志津子　アカシア香る
藤堂志津子　桜ハウス
藤堂志津子　われら冷たき闇に
藤堂志津子　夫の火遊び
藤堂志津子　ほろにがいカラダ　桜ハウス
藤堂志津子　きままな娘　わがままな母
藤堂志津子　ある女のプロフィール
藤堂志津子　娘と嫁と孫とわたし
堂場瞬一　8年
堂場瞬一　少年の輝く海
堂場瞬一　いつか白球は海へ
堂場瞬一　検証捜査

集英社文庫

谷崎潤一郎《たにざきじゅんいちろう》フェティシズム小説集《しょうせつしゅう》

2012年9月25日　第1刷
2023年8月12日　第5刷

定価はカバーに表示してあります。

著　者　谷崎潤一郎《たにざきじゅんいちろう》

発行者　樋口尚也

発行所　株式会社　集英社
東京都千代田区一ツ橋2-5-10　〒101-8050
電話　【編集部】03-3230-6095
【読者係】03-3230-6080
【販売部】03-3230-6393（書店専用）

印　刷　図書印刷株式会社

製　本　図書印刷株式会社

フォーマットデザイン　アリヤマデザインストア　　マークデザイン　居山浩二

ISBN978-4-08-746616-4 C0193